理想のオタク彼氏・彼女を作るため、俺たち同棲することになりました
同棲《どうせい》から始まるオタク彼女の作りかた

「なんでお前に全オタク女子の好みが分かるんだよ!?」

「そのオタク男子にモテるオタク女子、ってのを、私に教えなさいよ！」

二科《にしな》心《こころ》

学校ではリア充ヒエラルキー頂点に君臨するギャルだが、隠れオタクで、コスプレイヤー（自宅限定）でもある。理想のオタク彼氏はオタク女子に対して理解が深い細身で黒髪系。

一《いち》ヶ《が》谷《や》景《かげ》虎《とら》

生粋のオタク高校生。オタクコンテンツと離れるのが嫌で海外に赴任した家族と離れてまで一人暮らしをしている。理想のオタク彼女は美少女系コンテンツが好きな黒髪清楚系。

三波依怜菜《みなみえれな》ウィリアムス
一ヶ谷の後輩でイギリス人とのハーフ。百合好きのガチオタで、事務所に所属している新人声優。さらに実はバーチャルYouTuber『西園寺エリー』の中の人。
「もしかして僕のコスプレ姿に見とれてる？」
四十崎猛《あいさきたけし》
一ヶ谷のクラスメイトで親友。外見に反してイカツイ名前のため「あい」「あいちゃん」とあだ名で呼ばれている。一ヶ谷以外には隠しているが女装コスプレイヤー。
「今のところネット上でも誰にも、素性も声優名もバレてなかったのに」
「あんまり話が合う人がいなくて……だから、一ヶ谷さんとお話してみたいなって思って」
五条《ごじょう》ましろ
オフ会で出会った少女。オタク男子が好むコンテンツばかりが好きで、メイド喫茶でバイトをしている。一ヶ谷はデートをすることになるのだが……。

自宅でコスプレ撮影会
「お前、男性人気がある作品は詳しくなかったんじゃ……？」

「ちゃんと可愛く撮ってよ!?
途中でちょいちょい確認するから！」

童貞を殺す服を試着

「ちょ、ちょっと!?
何黙ってんの!?
何か言いなさいよ!?
そ、そんなに似合わな……」
「似合わないわけねえだろおがあああ!?
めちゃくちゃかっ……あ、え、
えっと、今まで着てる服より
ずっとオタクウケいいから!」
「え、ほんとに……!?
これでウケ悪かったら
恨むから!」

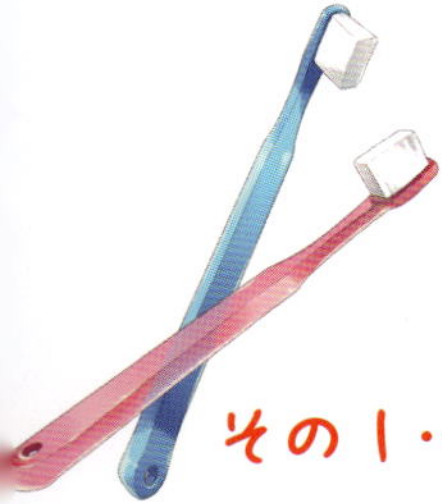

同棲協定

その１… 理想のオタク彼氏・彼女を作るために流行のオタク知識を教え合うこと

その２… 理想のオタク彼氏・彼女になるためのファッションや振る舞いなどを教え合うこと

その３… オタクとの出会いの場を探すこと

その４… 出会いの場で互いの理想の相手が見つかったら、仲良くなれるよう協力し合うこと

その５… その後もメールやデートなどでうまくいくように協力し合うこと

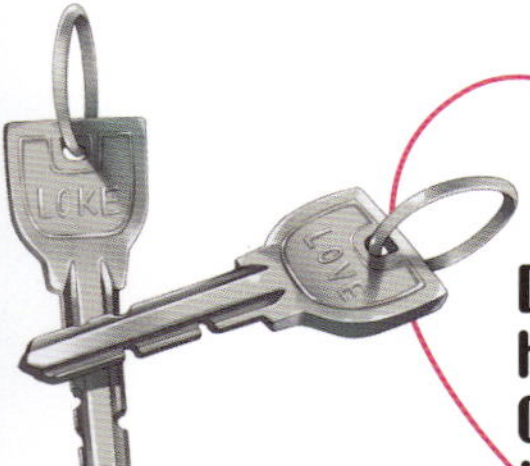

Dousei kara hajimaru Otaku kanojo no tsukurikata

同棲から始まるオタク彼女の作りかた

村上 凛

ファンタジア文庫

2793

口絵・本文イラスト　館川まこ

同棲《どうせい》から始まるオタク彼女の作りかた

Dousei kara hajimaru Otaku kanojo no tsukurikata

1

「ただいまー、…………」

　学校から帰宅後、リビングの扉《とびら》を開け、俺は目の前の光景に思考停止した。

　ロングの綺麗《きれい》な黒髪《くろかみ》。白いフリルブラウスに、ハイウェストな膝丈《ひざたけ》の紺色《こんいろ》のスカート、薄手《うすで》の黒のストッキング。少し前に流行《はや》った『童貞《どうてい》を殺す服』を完璧《かんぺき》に再現して着こなした清楚《せいそ》な美少女が、その上にフリルエプロンを着けて、キッチンで料理をしている。

「あ、おかえりなさいお兄ちゃん♪　ちょうどご飯できたところだからね♡」

「…………」

　台詞《せりふ》を聞いて、俺は絶句する。

「あ、それとも、先にお風呂《ふろ》にする？　もう沸《わ》いてるよ♪」

「いや、えっと、そうじゃなくて……」

「ま、せっかくできたてだし、先にご飯でいいよね♪」

　彼女は俺の言葉を無視して、食卓《しょくたく》の上に料理を運ぶ。見るからに美味《おい》しそうな豚汁《とんじる》にハンバーグ、白いご飯が並び、食欲をかき立てる匂《にお》いを漂《ただよ》わせる。

「はい、じゃ、いただきまーす！」

俺たちはソファーに隣同士《となりどうし》に腰《こし》かけ、手を合わせた。

「ん？　何じろじろ見て……あ、分かった！　もしかして、私にご飯食べさせて欲しいのかな⁉」

「はぁ⁉」

「もう、しょうがないなー、お兄ちゃん。じゃ、ほら、あーん♪」

彼女が俺の口元までハンバーグを運んできて、口に押し付けてくるので、仕方なく口を開いた。

「～～っ！」

ハンバーグは思いの外《ほか》熱くて、何も言えなくなる。

「どう？　美味しい？　お兄ちゃん、今日も一日お疲《つか》れ様♡　学校疲れたでしょう？　妹に思う存分甘えていいんだからね？」

「……っ⁉」

彼女は口の中が熱くて涙目《なみだめ》でハフハフしている俺の状態など気にも留めずに、俺の頭を無理矢理撫《な》でてくる。

「よしよし、いーこいーこ♡」

「………………」

クソ熱いハンバーグを無理矢理食べさせられたときは死ぬかと思ったが、頭を撫でられているうちになんだか悪い気はしなくなってきた。

色々強引《ごういん》だしわざとらしすぎるけど、悪くはない……かもしれない。

「あ、あとは自分で食べるから大丈夫《だいじょうぶ》だ」

再び熱いのを無理矢理食べさせられたら堪《たま》ったもんじゃないので、俺はそう言ってから、自分の箸《はし》でハンバーグを食べる。

「……ん、うまい……よ」

「……っ！　べ、別に、お兄ちゃんのために作ったわけじゃないんだからね⁉　自分が食べたくて作っただけなんだから！」

「え……？」

聞かれたから感想を言ったのに、突然《とつぜん》彼女の態度が急変して戸惑《とまど》いを隠《かく》しきれない。

「……っていうか、今日連絡《れんらく》もなしに遅《おそ》かったの、なんで……？　せっかく私が料理作りながら待ってたのに……もしかして、他の女？　他の女と遊んでたの……？」

「え……え、え、え？」

今度は急に目に光がなくなって、強い力で俺の腕《うで》を掴《つか》んだ。

「ねえ、スマホ見せてよ。他の女と連絡とってないかチェックするから」

「いや、ちょ……」

「二科《にしな》お前、色々間違《まちが》ってっからぁぁぁぁ！」

声を大にして、盛大《せいだい》に突《つ》っ込んだ。

「童貞を殺す服を着て料理作って待ってるまではいいけど……なんで妹設定でバブみ盛り込んで更《さら》にツンデレでヤンデレなんだよ⁉　情緒《じょうちょ》不安定すぎだろがぁ⁉　属性盛り込みすぎてカオスで意味不明になってんぞぉぉ⁉」

「えっ……だって、あんたに勧《すす》められたアニメとエロゲとエロ漫画《まんが》と同人誌ではこうだったじゃん！　こういうのがオタク男子に人気なんでしょ⁉　全部完璧にやれてるじゃん！」

「二次元の萌《も》えを三次元で完全に再現するとか、ただの頭おかしい奴《やつ》だからな⁉　参考程度、ところどころを不自然じゃない程度に取り入れろって意味で勧めたんだよ！」

「何よそれぇ!?　せっかく十回以上読み返してめっちゃ勉強したのに！　セリフの練習までしたのに！　黒髪ロングのウィッグとかめっちゃ高かったしウィッグも服もこの時期に超暑《ちょう》かったっていうのにぃぃぃぃ！」

二科は立ち上がって激怒《げきど》しながら、怒《いか》りにまかせて黒髪のウィッグをその場で勢いよく脱《ぬ》ぎ捨てた。

あーもう、めちゃくちゃだよ……。

「じゃあ、もっとちゃんと教えてよ!?　どういう女子が理想なのか！」

「え……」

「あんたが言ったんだからね!?　私を、オタク男子の理想に育ててやる、って……！」

俺一ヶ谷《いちがや》景虎《かげとら》が、同じ学校のオタクでリア充《じゅう》ギャルの二科心《こころ》と一緒《いっしょ》に暮らしてこんなことをしているのには、深いわけがあるのだった——。

2

「ここでいいんだよな……？」

秋葉原《あきはばら》のカラオケ店の前にズラリと列ができている。目の前までやってきて、俺は思わず誰《だれ》にも聞こえないくらいの声で独り言を呟《つぶや》いた。

列に並ぶのは、大体俺より年上に見える男女。話している者が多く、友達同士で来ている参加者が多いことを知る。それを見て俺は、やっぱり引き返そうかという気持ちになる。

だが、当日キャンセルは禁止だと書かれていたことを思い出し、覚悟《かくご》を決めて列の最後尾《さいこうび》に並んだ。

俺、一ケ谷景虎《いちがやかげとら》は、今日『オタク恋活《こいかつ》&友活パーティー』というものにやってきていた。

目的はただ一つ。オタクの彼女を作るためだ。

小学生でオタクになってから、二次元の女の子にしか興味がなかったが、中学に入ったあたりで様々な青春ラブコメアニメにハマり、その影響《えいきょう》もあって、三次元の彼女が欲《ほ》しい、と思うようになった。

彼女を作るなら、オタクの女の子がいい。

アニメを軽く見る程度のライトオタクならまだしも、俺のように毎日ソシャゲなどのオタクコンテンツに多くの金と時間を費《つい》やしているようなオタクには、オタク趣味《しゅみ》を理解してくれる同じオタクの彼女でないと厳しいと思う。

それに、趣味が合うオタクの彼女だったらオタクトークもできるし、一緒にアニメも見られるし、カラオケに行っても楽しいだろうし、もしかしたら好きなキャラのコスプレもしてもらえるかもしれない。

そこまで考えて俺は、彼女にするなら絶対にオタクの女の子がいいと思っていた。

しかし、俺の学校には俺の理想とするオタク女子は見つからない。

漫画研究部の部員はオタク女子だが、まず見た目が俺の好みではないし、同じオタクでも趣味が合わなそうだ。

俺が好きなのは可愛《かわい》い女の子がたくさん出てくる作品だが、漫研女子たちは女子に人気のあるアニメやＢＬ、女子向けソシャゲの話なんかをよくしている（盗《ぬす》み聞きしているわけではないが、声が大きいので聞こえてくる）。

そこで、どうにか学校以外で理想のオタク女子と出会えないかとネットで調べに調べまくり、オタク向けの恋活パーティーというものがあるという情報を得た。

街コンを主催《しゅさい》する会社が、オタク恋活・友活パーティーという、オタクの恋人や友達を作るのを目的としたイベントを開催するらしい。色々調べて知ったが基本的にこういうパーティーは参加条件に二十歳《はたち》以上という項目《こうもく》があるのだが、今回のパーティーは幸いにも、飲み物はソフトドリンクのみの提供で、年齢《ねんれい》制限がなかった。

カラオケのパーティールームにて、ソフトドリンク飲み放題の立食形式で自由に動き回れるというスタイルらしい。

これだ！　と一気にテンションが上がり、すぐに参加を決めた。

本当は誰か男友達と来たかったが、学校で唯一《ゆいいつ》のオタク友達を誘《さそ》ったところ興味ないと断られてしまい、泣く泣く一人でやってきた。

つまり、今日は俺にとって数少ない大チャンスの日なのだ。

ここへ来て日和《ひよ》ってどうする。今日俺は絶対に、理想のオタク女子との連絡先を交換《こうかん》するって決めたんじゃないか！　拳《こぶし》を強く握《にぎ》って、今一度覚悟を決める。

「こんにちはー。男性一名様で宜《よろ》しかったですか？」

カラオケのパーティールーム入り口で、受付のスタッフに声をかけられる。

参加費の三千円を支払《しはら》い、名札をもらう。今日呼んで欲しい名前を書いて下さいと説明を受けた。

なんていう名前にしよう……考えた結果、とりあえず『シャドウタイガー』というSNSでの自分のハンドルネームを書き、名札を胸に付けた。

「………」

今まで緊張《きんちょう》で周りの参加者を見ることもできなかったが、改めて見ると、人の多さに圧《あっ》倒《とう》される。

参加者を見渡《みわた》すと、まだ開場したばかりのためか、男女で楽しげに話している光景はほとんどない。

(俺の好みの、黒髪《くろかみ》ロング清楚《せいそ》系の可愛い女の子は……)

目を皿のようにして、俺は参加者の女の子の顔をチェックしていく。

(……うーん、なかなか理想通りの子はいないもんだな)

「ソフトドリンクはこちらまで取りに来て下さーい！」

スタッフのかけ声と共に、参加者がドリンクが提供されるカウンターまで移動する。

そこで、気付いた。俺が女の子の顔を吟味《ぎんみ》している間に、先ほどまではみんな男女分かれて会話していたが、徐々《じょじょ》に男女で会話をし始めていることに。

まずい。さっさと好みの女の子を見つけて声をかけないと……！

だが周りをよく見ると、少しでも可愛いと思った女の子は既《すで》に男の参加者と楽しげに会話をしていた。

やばい。完全に出遅《でおく》れた……！

必死になって更に目をこらす。まだ男にとられていない女の子は……会場の隅《すみ》に、地味目な女の子二人組が二人して携帯《けいたい》を弄《いじ》っているのが目に入った。正直好みではないが……そんなことを言っていたら、きっと今日誰とも話せないで終わってしまう。

それだけは避《さ》けたいので、とにかくまずは誰かに話しかけることから始めようと思い、俺は彼女たちのもとへ足を進めた。

「……、………」

しかし、彼女たちの二メートル程《ほど》手前まで来たところで、俺の足は止まった。そこから先へは一歩も動けなくなる。

なんて話しかけたらいいんだ？　こんにちはー、今日どこから来たんですか？

いやいやいや絶対無理！　それ、ほぼナンパじゃん！

自分が彼女たちに声をかけるところを想像して、とんでもないことに気付いた。

俺、自分から知らない女の子に話しかけるなんて、できなくね？

冷静に考えたら、学校ですら女子に話しかけられない俺が、こんなアウェイな場所で、たった一人で、知らない女性に話しかけるなんて無理に決まっているじゃないか。なんで俺、自分がそんなことができると思ったのだろう。このパーティーに申し込んだときの自分が恐《おそ》ろしい。

きっと、パーティーにさえ来ればなんとかなると思っていたのだ。あわよくば、誰かに話しかけてもらえたり、何かのきっかけで話せるだろうとか軽く考えていた。

甘かった。俺はいつだってそうだ。できもしないことをできるだろうと軽く考えてしまう。

自分を過信しすぎなんだ。これからはもう少し、自分を信じるのをやめよう。

……よし。

俺はその場で深くため息をついて、決意した。

今日は、もう帰ろう。

パーティーに申し込んで、会場までやってきて、列に並んで、受付を済ませただけでも、十分頑張《がんば》ったじゃないか。コミュ障オタクの割には、よく頑張った。

自分で自分をそうやって慰《なぐさ》めでもしないと、泣きそうだった。なんのためにソシャゲへの課金や昼飯代などを節約して参加費三千円という大金を握りしめて、休日を潰《つぶ》してここまで来たのか。

だけど、これ以上ここにいることを考えたら、参加費を無駄《むだ》にしてまでも、一刻も早くこの場から立ち去りたかった。

俺が逃《に》げるように出口まで足早に向かっていた、そのとき。


「きゃっ」

「……っ！　す、すみませ……」


女の子にぶつかった。

謝りながら相手の顔を見ると……。

「!?　え、……!?」

見覚えのあるその顔に、思わず固まった。

見たことがあって、当然だ。一度も話したことはないが、彼女は同じ学校、同じ学年の、隣《となり》のクラスの生徒だった。

（なんでこの女が、こんなところに……!?）

二科心《にしなこころ》。

クラスは違《ちが》うが、有名なので知っている。とにかく目立つ派手な女子だ。

友達は多く、ビッチっぽい見た目で、リア充《じゆう》男子からの人気が高く、それでいて服装頭《とう》髪《はつ》以外の学校での態度は至って真面目《まじめ》、成績も良いと噂《うわさ》されているハイスペックリア充女だ。

今一度姿を見る。

派手な色の髪。肩《かた》の出ている、赤いミニワンピース。高いハイヒール。

両耳には大きなピアス。化粧《けしょう》などに疎《うと》い俺でも分かるほど濃《こ》く派手なメイク。

この『オタク恋活・友活パーティー』という場所には到底《とうてい》似つかわしくない。

なんで、リア充クソビッチの二科心が『オタクオフ会』なんかにいるんだ⁉

気付けば、二科心は俺の顔を見て、なぜか真っ青な顔になっていた。

「なんか見覚えあるような……あんた、もしかして学校の……⁉」

二科が戸惑《とまど》った様子で口にする。

「あっ、2♡《トウーハート》さん、ここにいたんですね⁉」

そこへ、男二人組が足早に近づいて声をかけてきた。

「いきなりいなくなるからどこへ行ったのかと思いましたよ～！」

男二人組は、顔、服装、話し方共にいかにもオタクという感じであり（俺も人のこと言えないが……）、話しながらどんどん二科心に近づいてくる。

「……っ！」

二科は彼らを見て、明らかに顔を引きつらせている。

「あ、す、すみません。ちょっと知り合い見かけたもので……」

「へ⁉」

二科は俺の腕《うで》を引っ張ってそんなことを言い出した。

「知り合い？」

「はい、オ、オタク友達で……ちょっと二人で話したいので、失礼しますね！」

惚《ほう》けている俺の腕を引っ張って、二科は足を進めた。二科の突然《とつぜん》の行動に戸惑いを隠《かく》せない。

満員電車以外で女子とこんなに接近したことが初めてで、正直腕を摑《つか》まれているだけでドキドキしているのだが、二科から香水《こうすい》なのかシャンプーなのか分からないいい匂《にお》いが漂《ただよ》ってきて、クラクラする。

何か言いたげな男二人組をその場に残して、二科は俺をパーティールームを出たところの階段の踊《おど》り場まで引っ張り出した。

人目に付かない場所で、二科はやっと俺の腕を放してから俺の顔を見る。

「多分……同じ学校だよね？」

なぜか顔を真っ青にして、俺の顔を見ながら尋《たず》ねた。

「えっと、名前分かんないけど……なんでここにいんの？」

「お、俺は、出会いを求めてここに来ただけで……。そっちこそなんでここにいるんだよ？　オタクでもないのに……」

なぜ俺が悪いみたいな言い方をされているのか分からず、俺は精一杯《せいいっぱい》の強い口調で言い返した。

しかし、落ち着いた状況《じょうきょう》で、先ほどより少し明るい場所で改めて二科を見ると、確かにリア充男子から人気なのもよく分かる。

一年の時から可愛《かわい》いと有名だったので知っていた。

客観的に見たら、芸能人にいてもおかしくないくらい、ビジュアルのクオリティは高い。

顔の作りが抜群《ばつぐん》に整っていること、スタイルが良いことは勿論《もちろん》、髪形やメイクなどの完成度なんかも、他の参加者の女性と比べても飛び抜《ぬ》けているということが、お洒落《しゃれ》に疎《うと》い俺でも分かる。

だが、何を隠そう俺はビッチやギャルが苦手だ。できるだけ関《かか》わりたくない。

俺は学校でオタクを隠していないために、中学の時ギャルグループにオタクなことをバカにされたりからかわれたことがある。それがトラウマになり、それ以降、なるべく学校では気配を消して教室の隅でこそこそと生きるようにしている。

つまり俺にとって、どれだけ可愛かろうと、ギャルという生き物は恐怖《きょうふ》の対象でしかない。

それに、二科心は俺の好みのタイプとは正反対だった。俺の好みは黒髪ロング清楚系美少女である。二科とは真逆だ。

「出会いを求めて……？　オタク女子との出会いってこと？」

二科は俺の言葉を聞いて不思議そうに質問した。

「あ、ああ」

「そっか……じゃ、あんたもオタクなんだ……」

二科は今までの警戒心《けいかいしん》が露《あら》わな表情から、心なしか少しだけほっとしたような表情になった。

あんた、も……？　今二科は、そう言ったのか……？

「…………。ま、見るからにそういう感じだもんね」

「……っ！」

二科は俺の姿を頭の天辺《てっぺん》から足のつま先までじろじろ眺《なが》めると、そう言い捨てた。

見るからにそういう感じ、だと⁉

俺は今日このオフ会に向けて、自分なりに精一杯のお洒落をしてきた。それなのに、なんでそんなことを言われなければならないのだ。

「……って、ていうか、そっちこそなんでこんなところにいるんだよ？」

「なんでって……」

二科はばつが悪そうな顔で俺から目を逸《そ》らした。

それからため息をついて、何かを決意したかのように顔を上げて俺を見る。

「休日にこんなところにわざわざ来る理由なんて、一つしかないじゃん……」

「私も、自分と同じオタクの彼氏が欲《ほ》しくて来たの」

「……っ！」

『自分と同じオタク』……？　この、どう見てもビッチにしか見えない外見のリア充女が、オタク、だと⁉

そんでもって、俺と同じようにオタクの異性との出会いを求めてここに来た、って？

確かに、一見リア充にしか見えない奴《やつ》が、意外と深夜アニメを見てたりゲームをしてたりってことはあるが……まさかこんな、学校ではリア充の頂点に君臨してそうな女が、その類《たぐ》いだとは思わなかった。

「ねえ、お願い……！　あんたがここにいたことも学校では言わないでおいてあげるから、私がここに来てたことも絶っっっ対誰《だれ》にも言わないで⁉」

二科はすごい気迫《きはく》で俺の方へ迫《せま》ってきた。

「え？　あ……」

二科のあまりの迫力に、動揺《どうよう》のあまり、うまく返事ができない。

「私、学校では絶対にオタクだってバレたくないの！　それに、彼氏探しにぼっちでこんなパーティーに参加したってのも、クラスの子たちにバレたら死ぬほど恥《は》ずかしいし！」

「べ、別にいいけど……学校でオタクだってバレるの、そんなにまずいのか……？」

思い返してみると、クラスのイマドキっぽい女子たちだって、オタクというレベルでは決してないだろうが、アニメやソシャゲの話くらいはしているのを聞いたことがある。

それに、二科ほどのリア充ヒエラルキー頂点に君臨している女であれば、オタクであろうがオタクでなかろうが、今更《いまさら》周りにバカにされたりすることもないのではないだろうか。

「まずいに決まってんでしょ⁉」

「で、でも、クラスの派手な女子たちだってたまにアニメの話とかしてるんじゃ……」

「あれは、全っ然オタクとかじゃないから！　ちょっとアニメ見てる子がいるだけ！　同人誌とかコミケとかコスプレとかそういう深いこと全然知らない、ニワカ中のニワカ！　そういう子が周りに『うわーほんとこいつってアニオタだよねーうけるー』とか言われてんの！　そのレベルだったらちょっと弄《いじ》られる程度で終わるけど、私レベルのガチオタだったらバレたらマジで終わるから！　キモがられてどん引きされて絶対ハブられるから！」

二科は息継《いきつ》ぎもせずにすごい気迫で一気にそこまで話した。

今の話と、この必死な様子を見るに、二科自身はニワカオタなどではなく、本当のガチオタ、ということなのだろうか……？

「わ、わ、分かった……。とりあえず、黙《だま》ってればいいんだな？」

その勢いに押されて動揺しつつ、俺は返事をした。

「ほんと？　ほんとに黙っててくれんの⁉」

二科はやっと顔を上げたが、とても不安げな表情で俺を見ている。

「あ、ああ」

「！　も、もしかして……黙っといてやる代わりに条件がある、とかそういう……？」

「は？」

二科はなぜか赤くなって、言いにくそうにそんなことを言い出した。

「だ、だから例えば、何でも俺の言うことを聞け、とか、俺の性奴隷《どれい》になれ、とか……」

「バッ、何言っ……一体何考えてんだよ!? 変な漫画《まんが》の読み過ぎじゃねえのかっ!?」

俺は動揺と驚《おどろ》きのあまり、思わずでかい声を出してしまった。

それって、完全にエロ漫画やエロ同人でよくある展開じゃねえか！

「と、とにかく！ そういう条件とかなしに、に……二科がオタクだってこと、誰にも言うつもりないから！」

二科は俺の言葉に、少し驚いた様子で俺を見た。

「ほ、ほんとに……？」

「ああ」

俺は二科の言葉に頷《うなず》く。

「そ、そう……助かる」

二科は不安げな表情で俺を見ていたが、やがて少しほっとした様子でそう言った。

人の秘密を知ったからといって、それをネタに脅《おど》すなんて、恐喝《きょうかつ》じゃねえか。ラノベの横暴系ヒロインなんかがそういうことをしているが、俺はそんなことをするほど悪趣味《あくしゅみ》ではない。

「はー、にしても改めてマジでびびった。まさかこんなところで学校の人に会うなんて……」

二科は壁《かべ》によりかかって大きくため息をついた。

驚いたのは俺だって同じだ。

「でさ、今更だけどあんたって名前なんだっけ？」

「……！　い、一ヶ谷景虎」

「へー。全然聞いた覚えなかった」

「悪かったな陰《いん》キャで！」

「ちょ、そこまで言ってないじゃん」

二科は俺の言葉に笑いを堪《こら》えた表情で返す。

「シャドウタイガー……？」

それから、俺の胸元《むなもと》のハンドルネームが書かれた名札を見て、読み上げた。

「ちょっと待って、シャドウタイガーって……景虎だからシャドウタイガーってこと？　ちょw　あいたたたたw　中二ネームwwwww」

「〜〜っ!?　う、うううううるせえな！　覚えやすいだろ!?　咄嗟《とっさ》にそれしか思い浮《う》かばなかったんだよ！」

二科に爆笑《ばくしょう》されて、急に猛烈《もうれつ》に恥ずかしくなってくる。

よくゲームやるときに使っている名前なんだが、そんなに笑われるほど中二ネームか、これ？　クソッ、改名しねえと……。

「つーか、おまえこそ『2♡《トゥーハート》』って……人の名前を笑えるほどのネーミングセンスじゃねえだろ！」

二科の胸元の名札を見て、思わず声を荒《あら》らげた。

「え、なんで！　どこが！　めっちゃセンスいい名前じゃん！」

二科心で『2♡《トゥーハート》』って、何の捻《ひね》りもねえしそのまんますぎじゃねえか。

「で、一ヶ谷は、今んとこどうなの？」

気を取り直して、という感じで、二科が俺に尋ねた。

「どうって、何が？」

「だから、このパーティー！　いい出会いはあったかって聞いてんの」

「いい出会い……」

そう言われてやっと、今の状況を思い出した。

二科と遭遇《そうぐう》した衝撃《しょうげき》ですっかり今の状況が頭から抜けかけていたが、今俺はこのオタク恋活《こいかつ》パーティーにて、心が折れて帰ろうとしていたところなんだった。

「いや、うーん、まあ……正直微妙《びみょう》かな。特別可愛い子とかまだ見てないし」

正直に、女の子に全く話しかけられないので帰ろうとしていた、ということは言いたくなかった。

「はあ？　こんなに女の子いて可愛い子見てないとか、どんだけ上から目線？　とりあえず何人かと会話はできたわけ？」

「………………」

二科の質問に答えたくなくて、俺は二科から目を逸らす。

「は？　何、シカト？」

「いや、その、……、……だ、……」

「声ちっさ！　何？　なんて？」

「……その、まだ誰とも……」

「え……!?　誰とも!?　今日誰とも喋《しゃべ》ってないの!?」

俺は二科のセリフに仕方なく頷いた。

「だ、だって仕方ないだろ！　女子は話しかけられるの待てばいいから楽だろうけど、男は自分から話しかけなきゃいけないから大変なんだよ！」

「何で逆ギレ!?　ってかそんなこと言うなら、男子こそ自分の好みの女子に話しかけられるんだから、そっちの方が良くない⁉　女子は好みの男子探す前に、どうしても話しかけてきた人と話すことになっちゃうから、全然話したい人と話せなくて辛《つら》いし……」

「まず話しかけてもらえるだけでありがたいだろ⁉　みんなが楽しそうに話してる中、自分だけぼっちで誰とも話せないでいる辛さが分かるか⁉」

俺が二科の言葉に腹を立て、言い争いになりかけた、そのとき。

「そろそろ終了《しゅうりょう》時間となりまーす！」

「「えっ⁉」」

会場の部屋からそんな声が聞こえてきて、俺と二科は同時に驚きの声を上げた。

終了だと⁉

俺と二科は慌《あわ》てて会場の部屋に戻《もど》る。

参加者たちはスタッフに誘導《ゆうどう》されてどんどん出口へと向かっていた。

「ご移動にご協力お願いしまーす！」

人混《ひとご》みに流されて、俺と二科も会場の外へと出る羽目になった。

「この後カラオケでも行く⁉」

「あ、いいねー」

会場の外では、男女のグループがそんな話をしている光景が目に入った。

俺と二科は互《たが》いにどうすることもできず、ただただその場に立ちすくむ。

結局二科としか話せないままにイベントが終わってしまった……。まあ、あのまま帰ろうとしていたのだから、どちらにせよ収穫《しゅうかく》ゼロで終わっていたことには変わりないが。

「嘘《うそ》……パーティー、これで終わり……？」

気付けば隣《となり》の二科は、真っ青な顔で周りを見渡《みわた》していた。

「滅多《めった》にないチャンスだってめっちゃ気合い入れてきたのに……！　服もネイルも新調して、イメトレだって何回もしたのに……！　それなのに、全然好みじゃない二人と、あんたと喋って、それだけで終わりなんてっ……嘘でしょっ⁉」

二科のショックを受けている様子を見て、こいつも今日のパーティーに俺と同じくらい、もしかしたらそれ以上に、期待して気合いを入れてきたのだということが分かった。

「で、でも、お前だったら彼氏なんて学校とか友達の紹介《しょうかい》とかでいくらでも作れるんじゃないのか？」

俺と違《ちが》ってリア充《じゅう》でモテモテなこいつであれば、わざわざこんな場所に来なくたって出会いのチャンスなんて無限にあるように思える。

「さっき言ったでしょ、私学校ではオタク隠《かく》してる、って。尚且《なおか》つ、彼氏にするなら絶対オタクがいいって。そしたら、学校で作るのも無理だし、友達に紹介してもらうのも無理じゃん！」

「ああ、まあ確かに……」

「だからわざわざオタクの出会いの場を探して、勇気出して申し込んだのに、それなのに……」

……ん？　待てよ。つまり、ってことはもしかして……。

「じゃあ、い、今まで彼氏できたことは……？」

「だーかーらー、オタクと付き合いたいのにオタクの知り合いゼロなんだから、無理だったんだってば！」

つまり……俺と同じく、恋人いない歴イコール年齢《ねんれい》なのか⁉

こんな見るからにビッチっぽい女が……マジかよ！

い、いや別に、だからといってこいつが俺の好みとは真逆であることは変わりないし、だからどうってことはないのだが……一気に親近感がわいたな。

オタクの恋人が欲《ほ》しいけど、学校では出会いがない……つまり、二科も俺と全く同じ状《じょう》況《きょう》だったのか。

リア充と陰キャで、学校での立場は百八十度違うってのに、皮肉なものだ。

俺たちは互いに肩《かた》を落としながらも、とりあえず駅に向かって歩き始めた。

「ねえ……一ヶ谷って、オタク友達とかいないの？」

二科の顔を見ると、期待に満ちた眼差《まなざ》しで俺を見ていた。

もしかしてこいつ……俺のオタク友達を紹介してもらおうと期待してるのか？　そこまで出会いに必死なのかよ。

「学校に一人いるくらいで……あとはツイッターで繋《つな》がってるだけとか、中学の時の友達とかチラホラ……」

「へぇ～！」

明らかに目を輝《かがや》かせて食いついている。ゲンキンな奴《やつ》だ。

まあ、こいつが彼氏に求める条件が本当に『オタクであること』だけなら、中学の時の友達などでオタクの男を紹介することは可能だ。だが……。

「一応参考までに聞いとくけど……お前が期待してるオタク男子ってどんなだよ？」

「えっと具体的にはー、黒髪《くろかみ》で、目立たないんだけどよく見ると格好良くてー、清潔感があって、クールなんだけど彼女には優《やさ》しくて、ゲームがめっちゃ上手《うま》くて、ニワカオタとかじゃないいちゃんとオタクで、彼女がどんだけオタクでも腐《くさ》ってても許容してくれて、むしろ女性向けオタクコンテンツも好きだとなお良し！　それから一途《いちず》で、線が細くて背が高くて、コスプレとかも一緒《いっしょ》に付き合ってくれてー……」

「そんなオタクいねーよ！」

思わず言葉を遮《さえぎ》って突《つ》っ込んだ。

どんだけオタク男子に理想を抱《いだ》いてやがんだよこいつ⁉

「えー⁉　いやいや、いるでしょ！　別にめっちゃイケメンを求めてるわけじゃないんだよ⁉　男性声優によくいるちょっと冴《さ》えないイケメンレベルでいいんだよ⁉」

「男性声優ディスってんのか？」

「じゃああんたはどんなオタク女子がタイプなわけ？　なんかさっき、今日可愛《かわい》い子いなかったー、とかってめっちゃ上から発言してたけど」

話しているうちに秋葉原駅昭和《しょうわ》通り口に着いたので、俺たちは通行人の邪魔《じゃま》にならないように柱の側に寄って立ち話を続けた。

「俺のタイプ、か……。そうだな……」

改めて、想像を膨《ふく》らませる。俺の理想のオタク女子は……。

「まず黒髪ロングの清楚《せいそ》系美少女は絶対必須《ひっす》条件で、俺とオタク趣味《しゅみ》が同じ子、かな。具体的にはアニメでもソシャゲでも美少女系コンテンツが好きな子が良くて、ＢＬとか乙女《おとめ》ゲーが好きな子はちょっと……。彼氏できたこともなければ男友達もいなくて、身長はちょい低めで色白で、あとできれば、同い年か年下で、バブみがあって優しい……」

「バカか？」

「……えっ⁉」

一瞬《いっしゅん》、二科の言った言葉の意味が理解できずフリーズした。

バカ？　今バカって言われたのか？　俺。

見れば、二科は蔑《さげす》んだ眼差しで俺を睨《にら》んでいる。

「あのさあ、それマジで言ってんの？　頭大丈夫《だいじょうぶ》？　そんな子現実にいると思う？」

「お前にだけは言われたくねーよっ！」

「っていうかさあ、まずあのパーティーにあんなにたくさん女子がいて、『特別可愛い子がいない』って……あんた、どんだけ面食いなの⁉　自分の顔鏡で見たことある⁉」

「なっ……⁉」

い、今俺、めちゃくちゃ酷《ひど》いこと言われてないか？

「べ、別に俺だって自分をイケメンだなんて一切《いっさい》思ってないし、っていうか、聞かれたから理想のタイプを話しただけなのに、なんでそこまで言われなきゃならないんだよ⁉」

「イケメン云々《うんぬん》っていうか、あんたって全然自分の身なりに気を遣《つか》ってないじゃん。それなのに、自分は見た目がいいオタク女子がいいって言ってるわけでしょ？　そこがおかしいって言ってんの！」

「クッ……！」

二科の言葉の刃《やいば》が容赦《ようしゃ》なく俺の胸にクリティカルヒットした。

「ぜ、全然身なりに気を遣ってない……？　今日はパーティーだから、一応、自分の持ってる服の中で一番マシな服着てきたんですがそれは……」

震《ふる》え声で必死に反抗《はんこう》する。

「それが一番マシな服……⁉　そのクソダサい英字の謎《なぞ》にロックっぽいTシャツとか、めちゃくちゃ安そうなジーパンとか、ドクロのネックレスとか、小学生のころから履《は》いてそうなスニーカーとか……いかにもザ・オタクファッションのテンプレだよね」

「……っ⁉　オ、オタクファッションのテンプレ……⁉」

自分の身に着けているアイテムを全《すべ》て否定されて、足下《あしもと》が震えてくる。

「あんたはまず、こういうところに来る前に、ファッション誌買ったり、渋谷《しぶや》とか原宿《はらじゅく》で同世代の男子がどんな服着てるのか調べるところから始めるべきじゃない？」

「……くっ……」

悔《くや》しさのあまり、拳《こぶし》を握《にぎ》りしめた。

言い返したいが、服装に関しては二科がお洒落《しゃれ》であることはさすがに俺でも分かるので、返す言葉もない。

「でっでも……オタク女子だって、変に垢抜《あかぬ》けてるチャラ男とかよりは、同じオタクと付き合いたいって思うんじゃないのか⁉」

「そりゃあそういうオタク女子は多いよね。だから今日のパーティーにもあれだけたくさんの女性参加者がいたんだし。まあ多分、大抵《たいてい》のオタク女子の理想はー……同じオタクで、女子のオタク趣味にも寛大《かんだい》で、むしろ興味持ってくれてて、ちゃんと身なりに気を遣ってる、できれば自分の好みの外見のオタク男子、って感じ？」

「え……」

「間違っても、あんたみたいな外見からして一目でオタクって分かるタイプは好かれないだろうし、それより何より……ＢＬとか乙女ゲーが好きな子はちょっと、って言ってたよね？　自分もオタクのくせに女子のオタク趣味は全否定、ってマジ最悪だから。そんなんだったら趣味を認めてくれる非オタ男子の方が数千倍いいから」

「な、な……!?」

ただでさえショックを受けていたのに、その上に更《さら》に追い打ちをかけられる。

別に俺だって、腐女子《ふじょし》や乙女ゲー好きの女子を否定しているわけではない。ただ、自分が付き合うならそうでない女の子がいいって言ってるだけで……。

でも、その考え自体が良くないということなのか……？

「っていうか、なんでお前に全オタク女子の好みが分かるんだよ!?」

「そりゃあ私自身がオタク女子だからね」

つまり二科は、オタク女子の視点から発言してるということか……？

「つーかなあ、さっきから言いたい放題言ってくれてるけど……俺がオタク女子に好かれないってなら、お前だってオタク男子から好かれるタイプじゃねえからな！」

「え……？」

ここまで散々攻撃《こうげき》されて、やられっぱなしでは終われない。

溜《た》まったヘイトを今こそ発散するタイミングだ、と感じた。

「お前がさっき言ってた……黒髪で地味だけどよく見ると格好良くて、ゲームが強いオタク……だっけ？　万が一そういう男がいたとしても……そういう奴はお前みたいな女は絶対好きにならないからな！」

「な、な……⁉　なんであんたにそんなこと分かるのよ⁉」

「俺自身がオタク男子だから、オタク男の趣味は手に取るように分かんだよ！　オタク男子はなあ、ほとんど漏《も》れなく、清楚系の、オタク男子が好きなコンテンツが好きで一緒に語れる、大人しくて可愛らしい女の子が好きなんだよ！　つまり、お前とは真逆！」

「私とは真逆⁉　清楚系……？」

二科はショックを受けた様子で、ブツブツと呟《つぶや》いている。

「……そ、それって、確かな情報なんでしょうね……？」

「まあ、大体のオタク男子には当てはまると思うけど」

「そこまで断言するなら……そのオタク男子にモテるオタク女子、ってのを、私に教えなさいよ！」

「えっ……？」

二科は涙目《なみだめ》で俺の方を見たかと思ったら、突然《とつぜん》強気でそんなことを言い出した。

「あんたがちゃんと確かな情報を教えてくれるなら、私もオタク女子にモテるオタク男子ってのを教えてあげる！　それから……オタク女子と出会えそうな場所も、一緒に探してあげてもいいわ」

「ほ、本当か⁉」

「その代わり、あんたも私に全力で協力してよね⁉　どういう女子がオタク男子からモテるのか教えたりとか、あとは……あんたの友達で私が好みなオタク男子がいたら紹介《しょうかい》したり、どういう場所に行けば私の理想とするオタク男子と出会えるのか探したりとか……！」

「！」

今日まで、毎日理想のオタク彼女が欲《ほ》しいと思いつつも、一体どうしたら作れるのか分からず、何もできない日々を過ごしていた。

だから、オタク女子である二科が俺に協力してくれるというのなら、こんなに心強いことはない。

「わ、分かった！　俺も全力で、お前にオタクの彼氏ができるよう協力する！　俺の友達にはお前の好みのタイプのオタク男はいないだろうから紹介は無理だけど……オタク男子がどんな女子が好きとかは教えられるし、出会いの場も探してやる！　だから……お前も協力してくれ！」

オタク男子が好むオタク女子のことは、嫌《いや》というほどよく分かる。そういう面では、二科に協力できるはずだ。

今日、せっかく勇気を出してオタクの恋活《こいかつ》パーティーに行ったというのに、何の成果も得られず落ち込んでいたが……ここへ来て、全くの無意味ではなかった、と感じた。

彼女候補は見つけられなかったが、同じ目標を持つ協力相手を持つことができた。

それが、ムカつくことばかり言ってくる、よりによって俺が一番苦手なリア充《じゅう》ギャルでも、今までのように何も分からず一人で行動するよりは、ずっと心強い。

「よし、そうと決まったら……早速《さっそく》私のうちに来てよ！」

「ああ……え!?　い、家!?」

俺は二科の言葉に、自分の耳を疑った。

＊＊＊

「うお……」

二科の家の前に到着《とうちゃく》して、家を見上げて思わず声を漏らす。

何やら立派な家ばかりが並んでいるので、ここら辺は所謂《いわゆる》高級住宅街という場所なのだろうが、周りの家に負けず劣《おと》らず、二科の家も大きくて立派だった。

「ママにはこれから友達連れてくるってライン送っといたから」

「あ、ああ……」

いきなり家に来いと言われたときにはびっくりしたが……ちゃんと話を聞いてみると、単に、次の出会いの場を探すのに二科の家のPCで調べよう、という話だった。

二科のスマホの、今月のデータ通信の残量が僅《わず》かだったようで、外だとWi-Fiも安定していないので、家のPCを使おうという発想に至ったらしい。

正直、俺は今のこの状況《じょうきょう》に激しく動揺《どうよう》していた。

いくら調べごとをするだけとはいえ……いかんせん、女の子の家に遊びに行くのなんて、覚えている限り幼稚園《ようちえん》児以来である。

親御《おやご》さんに変に思われたり彼氏と勘違《かんちが》いされたりしないのだろうか。俺はどういう態度でいればいいんだ？

「……！　あれ？　鍵《かぎ》かかってる……」

玄関《げんかん》で扉《とびら》を開けようとして、二科は言葉を漏らす。

「あ、ママからライン来てた」

制服のポケットからスマホを取り出して、確認《かくにん》する二科。

「あ……そっか、今日友達とお茶してるんだっけ」

「え……」

「ま、いっか」

二科は特に気に留める様子もなく、スマホを仕舞《しま》ってから財布《さいふ》を取り出し、中から鍵をだして扉を開けた。

ちょ、ちょっと待てよ。つまり、それって……。

心臓の音が大きくなる。手が震えそうになる。自分でもびっくりするくらい動揺を隠《かく》しきれない。

「？　何固まってんの？」

二科は扉を開けて家の中に入りながら、微動《びどう》だにしない俺を不思議そうに振《ふ》り返る。

「い、い、い、いや……え、えっと、その……」

なんでこいつ平然としてやがるんだよ。誰《だれ》もいない家に二人っきり、って……それ、まずくないか？

いや別に俺は、こいつのことなんてなんとも思ってないし、二人っきりだからってどうもないけどさ、でも、高校生の男女が誰もいない家に二人きり、って……！

「え……ちょ、ちょっと、あんた……何意識し出してんの!?　ちょ、マジやめてくんない⁉　ただ調べるだけだってのに……」

二科は俺の様子に俺が動揺していることを察したらしく、ドン引きした様子で辛辣《しんらつ》な言葉を投げかけてきた。

「は、はあ⁉　別に意識とかしてねえし！　親がいない間に勝手に入っていいのかって思ってただけだろ！」

その様子に、カッとなって慌《あわ》てて言い返した。

クソッ、いちいちムカつく反応を返してくる奴《やつ》だな。こんな奴相手に動揺していた自分に腹が立ってきた。もう一切《いっさい》何も気にしないことにしよう。

「ただいまー」

「お、お邪魔《じゃま》します……」

二科の後ろに続いて家の中に上がり、廊下《ろうか》を進んで扉を開いた。

広くて綺麗《きれい》なリビングを突《つ》っ切って階段を上がり、いよいよ二科の部屋までやってくる。

二科の部屋の扉を開けると、なんともいえないフローラルないい香《かお》りがしてくる。さっき何も気にしないようにしようと決めたばかりなのに、童貞《どうてい》には刺激《しげき》が強すぎて一瞬《いっしゅん》意識が遠のきそうになった。

俺は小三頃《ごろ》までは女子とも普《ふ》通《つう》に話せていたが、その頃に徐々《じょじょ》にオタクに目覚め、それ以降、女友達なんて一人もいなかった。同世代は勿論《もちろん》、近所のおばさんですら女性というだけで会話するのに緊張《きんちょう》する。

それなのに、女の子の部屋で二人きり、なんて……果たして無事に帰ってこられるのだろうか。

「あっ……」

そこで突然、二科が何かを思い出したかのように俺の顔を見た。

「はあー……」

ガッカリしたかのような顔でなぜかため息をついた。

「な、なんだよ⁉」

「いや……ごめん、こっちの話。初めて部屋に上げる男子は彼氏が良かったなーって……。よりによって……あ、うん、なんでもない」

「よりによって、何だよ⁉　お前が家に来いって言い出したのに失礼すぎねえか⁉」

二科の言葉に頭にきて言い返す。

しかし、初めて部屋に上げる男子、って……男を部屋に上げたのこれが初めてなのかよ。マジで、今まで男と親密になったことないのか……。人は見かけに寄らないもんだな。

「……」

気を取り直して、二科の部屋を見る。

白とピンクを基調としたデザインの壁紙《かべがみ》やインテリアで、なんとも女の子らしい部屋だった。

本棚《ほんだな》には少女漫画《まんが》が並び、壁にかけられたコルクボードには友達との写真が貼《は》られており、ベッドにはハートのクッションやぬいぐるみが置かれている。

普通の、イマドキの、女の子らしい部屋。

俺は違和《いわ》感を覚えた。

「オタクっぽさが欠片《かけら》もない部屋だな」

「ああ……私、家族にもオタク隠してるから」

「え!? な、なんでまた？」

「色々あって、うちの親、オタクにいい印象持ってなくてさ」

二科は俺から目を逸《そ》らして少し寂《さび》しそうに言った。

そういう親って、やっぱりいるんだな。ということは二科は、学校でだけでなく家でもオタクを隠してきたのか。

二科がどの程度のオタクなのか分からないが、もし自分だったらと考えると、常に趣味《しゅみ》を隠して生きるなんて、相当窮屈《きゅうくつ》で大変な生活だろうと思う。

「あ、そーだ。いいもの見せてあげる！　人に見せるの初めてなんだけど……」

突然二科がウキウキした様子で言い出した。不覚にも、一瞬その様子を可愛《かわい》いなんて思ってしまう。

人に見せるのは初めて？　一体俺に何を見せるつもりなのだろう。

二科は机の引き出しの中から鍵を取りだして、クローゼットの前まで移動し、持ち手付近の鍵穴に差し込んだ。

クローゼットにわざわざ鍵がついているのか？　一体何でまた……。

二科が鍵を開けて、クローゼットを開ける。

「……っ⁉」

中を見て、俺は絶句した。

本棚には、大量の漫画。漫画雑誌やアニメ雑誌、ゲーム雑誌。アニメのＢＤ－ＢＯＸ。声優のライブＢＤ。ＣＤ。

アクリルキーホルダー、丸まったままの、恐《おそ》らくポスターやタペストリーかと思われるもの。

男性キャラの、ぬいぐるみ多数。様々なサイズのフィギュア。

「ちょっ、なんじゃこりゃあ⁉」

フィギュアが並んでいる棚の一部に、思わず目を疑う光景があった。

イケメンキャラのフィギュアなのだが、ほぼ全裸《ぜんら》のような格好で顔を赤らめているのである。

「あっそれはねー、『ドラマティカルメーデー』っていう超人気《ちょうにんき》ＢＬゲーの初回特典のフィギュア！　超出来いいでしょ⁉　主人公の『緑葉《りょくは》』っていう総受けキャラなんだけどー、エロいでしょ⁉　顔もめっちゃ可愛いしここの腹筋から下半身にかけてのライン超シコいでしょ⁉　初回特典が欲《ほ》しいがために発売日に並びに行ってめっちゃ大変だったんだからー！」

二科が今までの様子と一変して、声は少し低くなり、興奮気味に早口で一気に得意げに語り出した。

ちょ、待て、女としていいのかってレベルの発言してるけど大丈夫《だいじょうぶ》か⁉

こいつ、急にガチオタじゃん。むしろこの早口で喋《しゃべ》ってる様子とかただのキモオタじゃん！　いつもの学校での二科とはまるで別人……。

「つーかお前、ナチュラルにＢＬゲーとか買ってんのかよ⁉」

「え、別にそんくらい普通に買うでしょ」

「お前な……え、ちょ、なんだこれ⁉」

動揺する俺の目に、フィギュアよりも更《さら》に理解に苦しむ物体が飛び込んでくる。

壁にバッグがかけられているのだが、バッグには大量の缶《かん》バッチやキーホルダーが取り付けられ、元の生地《きじ》がほとんど見えない程《ほど》埋め尽《つ》くされている。そのグッズは全《すべ》て同じキャラのものだった。

金髪《きんぱつ》のイケメンキャラで、男子アイドルゲームか何かのキャラだと思うが、女子向け作品には疎《うと》いので詳《くわ》しくは分からない。

「これ、痛バってやつか……!?」

痛バッグ……ツイッターで見たことはあるけど、本物を見たのは初めてだった。

同じキャラのグッズを大量に持っているのは分かるにしても、缶バッチなど全く同じ商品がいくつも鞄《かばん》を埋め尽くしており、狂気染《きょうきじ》みている。

「なんで同じ缶バッチが大量についてるんだよ？」

「橋本薫《はしもとかおる》のグッズは無限回収してるから」

「無限回収……」

恐ろしい言葉をオウム返しした。無限回収……言葉の通り無限にグッズを回収するってことだろうか。

二科は、俺以上にやばいオタクだったということがこの短時間でよく分かった。

「あとね、あとねー！」

「いや、もう十分分かった！　大丈夫だ！」

二科が引き出しを開けようとしたのを必死に止める。なんとなく、ここで止めておいた方が自分の身のためだと思った。

「クローゼットに鍵《かぎ》がかけられてた理由がよく分かった……」

「まあ、親にバレたら気絶もんだからね、これ」

さっき、親がオタクにいい印象持ってない、と言っていたことを思い出す。

「でも……学校でオタ隠して、家でも隠して、ってそれ、結構しんどくねえか？」

「そうなの？　昔からずっとこうだから、慣れちゃった。あんたは家で、家族にオープンなの？」

二科はクローゼットを閉めて鍵をかけてから、部屋にある床に座る用のクッションの上に腰《こし》を下ろし、俺にもクッションを渡《わた》して座るよう促《うなが》す。俺も座って、話を続ける。

「ああ。一緒《いっしょ》に住んでたときも全く隠してなかったな」

「……？　一緒に住んでたとき？」

「あ、ああ……今俺、一人暮らしなんだ」

「一人暮らし⁉　高校生が一人暮らしって……何そのアニメの設定みたいな話⁉」

「父親の海外赴任《ふにん》が決まって、でも俺は絶対日本から離《はな》れたくなかったから、絶対日本に残りたいって言い張って、必死で説得したんだよ」

両親と妹が海外に引っ越《こ》して、一人暮らしを始めてから、半年が経《た》つ。

父親の転勤が決まった当初、俺も家族と来るように強く言われた。

しかし……父親の赴任先は、インド。

インドじゃ日本のテレビなんて当然観《み》られないから、アニメはネットで観ることになるのだろうが、調べたところ、インドは現状あまりネット環境《かんきょう》が整っていないらしい。それに、もしネットができたって観たいものが上がっているとは限らないし、そもそもアニメを違法《いほう》で観るのは好きじゃない。

それに加え、ネット環境が整っていないと、ソシャゲもネットもSNSもできない。

日本の新しい漫画やゲームだって、買うことができないんじゃないだろうか。

俺は小学生でオタクになってから、常に日本のアニメや漫画、ゲームと共に生きてきた。

日本のオタク文化を心から愛している。今更オタク文化と離れて生きていくことなど、考えられない。そんなの、何を楽しみに生きたらいいのか分からない。

強くそう感じて、両親に訴《うった》えた。『オタク文化と離れるのは嫌《いや》だ、一人で家事もできるし勉強も両立するから、日本で一人暮らしをさせて欲しい』と。

最初は当然、反対された。まだ高校生なんだから一人暮らしなんて無理だ、一緒に来いと何度も強く言われた。

だが長期に亘《わた》り毎日根気強く説得して、一人で頑張《がんば》って家事も覚え、両親に家事ができるようになったところを見せているうちに、ついに両親が折れた。

親父《おやじ》の海外赴任が終わるのは、予定では約二年後。俺が高校を卒業した後だ。

そこまで言うなら二年間、頑張って一人で暮らしてみろ。親父は俺にそう言った。

極端《きょくたん》に成績が落ちたり、長期休みに親が様子を見に日本に戻《もど》ってきたとき、荒《あ》れた生活を送っていたら、すぐに海外に連れて行かれるという約束で、俺は今両親に学費と生活費を送ってもらいながら、一人暮らしをしている。

慣れないうちは家事と学校、勉強を両立させるのは大変だったが、オタク文化と離れて暮らすことを思ったら頑張れた。今ではすっかり慣れたものだ。

といっても、料理はたまに簡単なものを作る程度で、スーパーや弁当屋、総菜屋、コンビニなんかで済ませることが多い。

母親に、一人暮らし中、毎日料理をする必要はないが、身体《からだ》に悪いものは食べるなとか、栄養を考えろとか色々言われたので、一応それは守っている。

あとは週末に掃除《そうじ》や洗濯《せんたく》をまとめて片付ける。部活にも入っていないので、やってみたら案外できた。

「へー。意外と根性《こんじょう》あんだね。オタクの鑑《かがみ》ってやつじゃん」

俺が簡単に経緯《けいい》を説明すると、二科に感心された。

「でも確かに、気持ちはめっちゃ分かる。私も海外転勤なんて絶対やだもん！　ネットが自由にできないなんて論外だし、好きなアニメはすぐに観たいし、好きなキャラのグッズとかコスプレ衣装《いしょう》とかは海外じゃ買えないだろうし、私が同じ立場でも日本に残りたいって思うだろうなー……」

「ああ、オタクだったらそうだよな」

「あ……そうだ、長話してる時間はないんだった。早速《さっそく》本題に移らなきゃ」

二科はローテーブルの上のパソコンの電源をつける。

「出会いの場、探さないと！　なんて検索《けんさく》しよっかなー、『オタク　出会い』とか……」

二科が、次に俺たちが行くオタクの出会いの場を探そうとした、そのとき。

下の階から、扉《とびら》を開ける音が聞こえた。

「あ、ママ帰ってきたのかな……」

二科が立ち上がり部屋の扉を開け、下の階の様子を確認《かくにん》する。

「……っ！」

直後、慌《あわ》てた様子で扉を閉めた。

「？　どうした……？」

「やばい、パパまで帰ってきてる……！　なんで……!?　あんたのことバレたら色々面倒《めんどう》かも……」

二科は俺の顔を見て真っ青になる。

「ママにバレんのは別にいいけど、パパは……彼氏とか好きな人いないのか、ってしょっちゅう聞いてくるから、勘違《かんちが》いされたら色々面倒なことになりそうで……」

「え、それって、俺がいんのバレたら親父さんに殺される系？」

「いや、それはないんだけど……うちのパパ、恋愛《れんあい》脳っていうか……私にも彼氏できたら真っ先に紹介《しょうかい》しろってよく言ってて」

そこまで話したところで、足音が部屋に近づいてきた。

「やば！　階段上がってくる！　とりあえず一ヶ谷隠《かく》れて！」

「ええ!?　隠れるって……」

二科は慌てて立ち上がると、俺の腕《うで》を引っ張って立たせる。

「ほら、早くこの中に！」

二科が先ほどのオタクグッズの隠されていたクローゼットとは別のクローゼットを開け

る。そこには服がたくさんハンガーにかけられているが、下には空間があり、身体を屈《かが》めれば辛《かろ》うじて入れそうだ。

そのとき、扉がノックされ、心臓が跳《は》ね上がった。

「心、帰ってるの？」

「ちょ、ちょっと待って！ 今、着替《きが》えてるから！」

俺は慌てて屈んでクローゼットの中の下の空間に入り込む。二科がクローゼットを閉めた。暗闇《くらやみ》の中、二科の服からいい匂《にお》いがしてきて、妙《みょう》な気分だ。

「き、着替え終わったよ！」

完全にクローゼットが閉まってから、二科のそんな声が聞こえた。

扉が開く音がして、僅《わず》かに足音が聞こえてくる。

「ど、どーしたの⁉ パパ、今日会社は……」

「ああ、今日は代休だったんだ。心、今いいか？ ちょっと大事な話があるんだが」

「あら？ 心、今日友達が家に来るって言ってなかった？」

「あ、それ、急遽《きゅうきょ》ナシになったの！ それより、大事な話って……？」

二科の親父さんと思《おぼ》しき人の声は、なんだか深刻そうに聞こえた。

「じゃあ、パパから……」

「ああ。心、急な話で悪いが……来月から海外転勤が決まった」

「えっ⁉」

か、海外転勤……⁉　突然《とつぜん》の話に俺まで驚《おどろ》く。

「場所はイギリスだ。母さんにも心にも……付いてきて欲しいと思っている」

「……！　転勤……？　イギ、リス……？」

来月から、海外に転勤……。つまり、二科の家は家族で海外に引っ越すと……？

なんだよこれ……まるで半年前の俺と同じような状況《じょうきょう》じゃないか。こんなことってあるのか？

「や、やだ……」

「期間は一年半だから、心の高校卒業前には日本に戻ってこれると思う」

二科が泣きそうな声で呟《つぶや》いたのが聞こえてくる。

「私……ママとパパと離れるのは嫌だけど、それよりも……日本から離れたくない！」

「え、心⁉　あなた、何言ってるの⁉」

「私一人で日本に残りたい！」

「……本気で言ってるのか？　どうしてそんなに日本に残りたいんだ？」

「だ、だって……友達とか、趣味《しゅみ》とか……」

俺には二科の今の気持ちが痛いくらいよく分かる。俺自身が、半年前全く同じ心境だったから。

さっき二科にオタグッズコレクションを見せられて、二科がどれほどガチなオタクであるかよく分かった。それはもう、この俺が引くほどに。

「趣味？　趣味って何なの？　イギリスではできないの？」

お母さんの質問に、二科は黙《だま》り込んでしまう。

家族がオタクに偏見《へんけん》があるなら、ここでオタク趣味のことなんて言えるはずがない。むしろ、言ったら余計に日本に残ることなんて許されないだろう。

「わ、私の友達で、家族が海外に引っ越して、一人暮らししてる人がいるの！　その人もちゃんとやってるみたいだし、私だって、家事と勉強ちゃんと両立するから！」

それってもしかして、俺のことか？

「家事と勉強の両立……それは大した問題じゃない。それよりも、高校生の女の子が一人暮らしなんて、そんな危ない真似《まね》、させられるわけがないだろう？」

「…………」

話を聞きながら、思う。親から海外に引っ越すと聞かされたとき、本当にショックだった。

海外の言葉が話せないとか、現地で友達できなそうとか、行きたくない理由はたくさんあったけど、やっぱり一番嫌だった理由は、オタク文化と離れることだ。

今の二科の気持ちが一番よく分かるのは、他の誰《だれ》でもない俺だ。

しかし、『高校生の女の子の一人暮らしが危ない』、そう言う二科の親御《おやご》さんの気持ちも分かる。

ならば、今この状況をどうにかするには……。

「……っ⁉　きゃあああっ⁉」

「うわあっ⁉　だ、誰だ⁉」

気付けば俺は、いても立ってもいられなくて、勢いよくクローゼットを飛び出していた。

二科のお母さんと親父さんが、突然クローゼットから出てきた俺を見て悲鳴をあげる。

こんなことしたって、無駄《むだ》かも知れない。むしろ逆に反感を買ってしまう可能性の方が高い。だけど、それでも俺は……！

「い、一ヶ谷……⁉」

「は、はは初めまして、僕は二科さんと同じ学校、同じ学年の一ヶ谷景虎と申します！」

「ど、どうしてクローゼットに……⁉」

不審者《ふしんしゃ》を見るかのような表情で、親父さんは俺を見ている。無理もない。

「えっと、その……僕は決して怪《あや》しい者ではありませんし、に、二科さんと後ろめたい関係なわけでもありません！　今日はその、遊びに来させてもらってただけで……」

「……！　そ、そう！　きょ、今日、友達が遊びに来るってラインしたでしょ⁉　男子だったから、パパを驚かせちゃうかなって思って、咄嗟《とっさ》に隠れてもらって……！」

二科は俺に続いて狼狽《うろた》えながらも説明した。

「えっと、それで……今勝手に話を聞かせてもらってしまって、突然こんなことを言うのも失礼な話なんですけど……」

二科も、両親も、驚いた表情のまま俺の顔を見る。

「その……二科……いや、心さんの一人暮らしが心配でしたら、僕の家で暮らすのはどうでしょうか⁉」

「は……⁉」

「い、いやその！　偶然《ぐうぜん》にも僕の家には部屋が余っておりましてですね、その上僕の住んでる地域は治安が良くて、変な事件とかも全く聞かないですし……」

「い、一ヶ谷……⁉」

二科の両親は俺の話を聞いてポカンとしており、二科も驚いた様子で俺を見ている。

俺自身、自分の発言、行動が信じられない。

だけど、今の二科と両親のやり取りを聞いていて、今二科を助けられるのは俺しかいないんじゃないだろうかと思った。

俺の家は二階建ての一軒家《いっけんや》で、部屋が余っているのは本当だ。家族も二年は帰ってこないから、二科の両親が海外に行っているという一年半の間だったら、親が日本に戻《もど》ってきたときさえどうにか誤魔化《ごまか》せば大丈夫《だいじょうぶ》なはずだ。

しかし……。

自分で言ってから、思う。いくら治安がいい地域に住んでいると主張したところで、親父さんからしたら、一番危ないのはお前だよ！　って話だよな。

当然俺は二科に何かするつもりなどない。というか、色々な面で物理的にできない。信じてもらえないかも知れないけど、そう主張しなければ。そう考えていたそのとき。

二科が俺の顔を見て、難しい表情で固まっていた。

「君は一体、心とはどういう……」

二科の親父さんが俺に何かを質問しようとしたが、二科が口を開いて遮《さえぎ》る。

「パッ……パパもママも、心も早くパパとママみたいな最愛の人を見つけろ、見つけたらすぐ家に連れてきなさい、ってよく言ってるよね⁉　今まで恥《は》ずかしくて黙ってたけど、この人……一ヶ谷君が、私にとってのそういう人なの！」

「……え？」

二科の言葉に、きっとご両親よりも俺が死ぬほど驚いた。

に、二科……突然何を言ってんだ⁉

「最愛の人ができたら、その人を何よりも大切にしなさい、常日頃《つねひごろ》からそう言ってたよね⁉　だから、その……私にとって一番大切なのはこの人で、だから私、絶対に日本を離《はな》れたくないの！」

「こ、心……」

ご両親は驚いた表情で二科と俺の顔を交互《こうご》に見た。

俺は酷《ひど》く混乱しながらも、二科の考えていることがなんとなく分かってきた。

つまり二科は……俺が自分の彼氏だと言うことで、日本に残りたいと両親を説得しようとしているのか。

だけどそんな話、逆効果なんじゃないのか？

付き合っているだけならまだしも、高校生が同棲《どうせい》したい、だなんて、普通《ふつう》に考えたら余計に親父《おやじ》さんに反対されるんじゃ……。

「心……。日本に残りたいのは、そういうことだったのか……」

親父さんは目を細めて二科を見ると、大きなため息をついた。

「……父さんと母さんが出会ったのも、高校生の頃だった。父さんと母さんはクラスメイトで、当時不真面目《ふまじめ》だった父さんは、あろうことか自分とはタイプが全く違《ちが》う、真面目でクラス委員長だった母さんを好きになってしまったんだ」

二科のお父さんは、なぜか突然昔話を始めてしまった。

「ヤンキーもどきだった父さんは、母さんのご両親に気に入ってもらえず、交際を反対された。一度は駆《か》け落ちをしようとしたこともあったが、長年に亘《わた》って母さんのご両親を説得し続けて、やっと結婚《けっこん》することができたんだ。だから……今の心たちの気持ちは、痛いほどよく分かる」

二科のお父さんは、寂《さみ》しげな笑《え》みを浮《う》かべて、俺と二科の顔を見た。

え、ちょっと、この人一体何言い出してんの!?

「君のことは追々知っていきたいと思っているが、心が選んだ男なら間違いないだろう」

二科のお父さんは、俺の目を見てそう言った。

「え、えぇ……!?　えっと……？」

「心……どうしてもこの一ヶ谷くんと離れたくないんだな？」

二科の親父さんは、視線を俺から二科に移して質問する。

「う、うん……！」

「……そうだな、心と離れて暮らすなんて……正直、今は考えたくもない。海外転勤は限られた期間とはいえ、耐《た》えられるかどうか……。だがな、恋人《こいびと》と離れたくないと泣く心を、恋人と無理に引き離すなんて真似は、父さんはしたくない。心の気持ちは、若い頃散々周りに交際を反対されてきた父さんと母さんが、痛いほどよく分かるからな」

ちょ、マジか……!?　この親父さん、物わかり良すぎじゃねえのか!?　というより、なんていうんだろ、まさに恋愛《れんあい》至上主義って感じで、すげえ考え方が偏《かたよ》ってるというか……。

そういえば二科が、うちのパパは恋愛脳だから、って言ってたっけ……。

まあ、親父さんは認めても、お母さんの方はさすがに認めないよな？　見た感じ、堅《かた》い感じだし……。

そう思って、二科のお母さんの方を見る。二科のお母さんは俺の方を少し見てから、二科の方を見て口を開いた。

「……心は、高校生になった今でも彼氏どころか男友達の一人もいないみたいで、お母さんずっと心配してたの。心にも、早くお母さんにとってのお父さんみたいな人が現れたらいいのにって、ずっと思ってた。なのに……まさか、お母さんに内緒《ないしょ》でこんなに素敵《すてき》な恋をしてたなんてね」

二科のお母さんは、今までの硬《かた》い表情から打って変わって、微笑《ほほえ》んで二科を見て話している。

「心、おめでとう。とはいえ、まだ高校生なんだから、不純な行為《こうい》は一切駄目《いっさいだめ》。それさえ守れるなら、お母さんも許しましょう」

二科の両親の物わかりの良さに、驚《おどろ》きのあまり言葉も出ない。

「……心を、宜《よろ》しく頼《たの》む」

二科の親父さんに、優《やさ》しい笑顔で声をかけられて、俺は……。

「えっ⁉　あ、えっと……はい……」

完全にその場の雰囲気《ふんいき》にのまれて、そう答えてしまったのだった。

元はといえば俺が二科に持ちかけたことだが……とんでもないことになってしまった。

それから、その後改めてリビングに移動して、夕飯をご馳走《ちそう》になりつつ、じっくりと二科の両親と話すこととなった。

両親双方《そうほう》からの質問《しつもん》攻《ぜ》めに遭《あ》い、二科とどうやって付き合うことになったのかとか、その場で必死にねつ造した。

そして最終的に、「じっくり話してみてもやっぱりいい若者だ」となぜか親父さんに気に入られ、俺と二科が同居することを正式に認められた。

「ただし、二人とも……さっき母さんも言ってたが、高校生の間は、いくら結婚を前提に付き合って同棲しているからって、その、一線を越《こ》えるのは……」

親父さんが主に俺の方を見て、暗い表情で言いにくそうに話す。まあ、言いたいことは分かる……。

「はあ!? パパ、何キモいこと言ってんの!? そんなのあるわけないじゃん！」

二科が心底気色悪そうに全力で否定する。こいつ……そこまで酷い言い方する奴《やつ》があるかよ!? 善意で助けてやった俺に対して……！

「……？ そ、そう、か……？」

二科の思いがけない反応に、親父さんは戸惑《とまど》いながら返事をする。確かに、付き合ってる彼氏に対する反応にしてはおかしいからな……。

「……だ、だって、いくら結婚前提だろうが、結婚前にそういうことするのはマジあり得ないから！」

二科は顔を赤くしてきっぱりと言い切った。その様子に、今の発言は二科の本音なのだろうと分かる。こいつ……こんな見た目なのに、そこらへんしっかりしてるんだな……。

「ぼ、僕も同じ考えなので、絶対大丈夫です！」

二科に続いて、俺がそう答えると、親父さんは少し安心したようだった。

俺の両親とも話がしたいと言われたが、今海外にいるし、俺から言っておくので大丈夫です、と強く言っておいた。

二科の両親が日本に戻ってくるのは、一年半後。それまで二科はうちに住むことになった。

二科の家族が海外に行く少し前に、二科は俺の家に引っ越すこととなった。その日取りも決まった。

その日は二科の親父さんが車で送ってくれ、精神的に疲《つか》れ切った状態で帰宅した。

二科が、俺の家に住む……!?

他人、それも付き合ってもない女子と暮らすって……。

この俺が女の子と二人きりで暮らすなんて、できるのか……？

パニック状態のままベッドに倒《たお》れ込み、様々な思いを巡《めぐ》らせつつ、疲れ切っていたがとりあえずこれだけはやらなければという大事なことを思い出し、スマホのソシャゲを開いてログイン報酬《ほうしゅう》をゲットしてから、最低限のデイリークエストをこなした。

しかしどうやら相当疲れていたようで、気付けばそのまま寝落《ねお》ちしていた。

3

翌日、学校にて。

放課後、教室を出たところに二科《にしな》が立っていた。

「ちょっといい？」

「……！」

二科の後をついていくと、人気《ひとけ》のない体育館倉庫の裏側までやってきた。

「まず、今一度ちゃんと確認したいんだけど……私、本当にあんたの家に住んでいいの？」

二科は少し不安げに俺の顔を見て尋《たず》ねた。

昨日二科の両親に告げたように、今俺の家は部屋が余っているし、少なくとも二年間は家族が帰ってくる予定もないから、住んでもらっても問題はない。

だが……我ながら童貞《どうてい》を拗《こじ》らせているこの俺が、ガチオタで好みのタイプと真逆とはいえ、同い年の美少女と一つ屋根の下に住むなんて……果たしてやっていけるのだろうか？

という不安は大いにある。

それに、二科だって……。

「お、お前はいいのか？　……か、彼氏でも、好きでもない男と二人で暮らすなんて……」

た、例えば襲《おそ》われるかもしれないとか、そういう警戒心《けいかいしん》はないのだろうか。

「え、別に？　っていうか、今まで必死で隠《かく》してたのに、これからはオタク隠さないで暮らしていけるなんてむしろ超《ちょう》快適！」

全くそんな心配はしていないという様子で、二科は明るく答えた。

「それに、オタクの彼氏彼女ができるために協力し合うにも、一緒《いっしょ》に住んだ方が何かと都合いいし！　私ぶっちゃけ男子と話すのあんまり得意じゃないんだけど、あんたとは一切緊《きん》張《ちょう》しないでペラペラ喋《しゃべ》れるんだよね～！　オタクだからっていうのもあると思うけど、なんか男子って意識してないのかも！」

「……っ!?」

それってつまり、男として見てないってことじゃねえか！　俺、どんだけこいつになめられてんだよ……!?

「ってかあんたは、どうなわけ？　今更《いまさら》やっぱり嫌《いや》だとか言われても困るけど……」

「……ああ、言わねえよ」

正直、昨日はなんて軽率《けいそつ》な提案をしてしまったんだとは思ったが、後悔《こうかい》はしていない。

二科の気持ちは、同じ状況《じょうきょう》に陥《おちい》った俺が一番よく分かる。

だからこそ、俺にできるなら、助けてやりたいと思った。色々腹が立つ奴だが、その気持ちは、今でも変わらない。

「そっか……ありがと。ぶっちゃけ、ほんとに助かる」

二科は、初めて真剣《しんけん》な様子になって、俺に礼を言った。

「まあ、お礼ってわけじゃないけど……約束通り、あんたにオタクの彼女ができるよう全力で協力するから！　じゃあこれから改めて、お互《たが》いオタクの恋人《こいびと》ができるよう頑張《がんば》ろ！」

「あ、ああ……そうだな！」


それから約一週間後に、二科と二科の両親と俺とで、二科の引っ越し作業を行った。

二科の荷物を、俺の家の空いている部屋へと運び込んだ。服やら恐《おそ》らくオタクグッズと思われる段ボールやらで荷物が多く、大変だった。

この部屋は、空き部屋を俺の物置にしていたので、引っ越しの前に慌《あわ》てて片付けた。幸いにもこの部屋には鍵《かぎ》がついているから、長期休みに家族が戻《もど》ってきた際には、二科にはどこかへ行ってもらい、家族には『見られたくないオタクグッズがあるから』と言って部屋に鍵をかけっぱなしにしておけば大丈夫《だいじょうぶ》なんじゃないか……と思う。

荷物を運び込みながら、ああ、俺は家族に内緒で勝手になんて大変なことをしてしまっているのだろう、と今更ながら改めて思った。

＊＊＊

それから更に数日後の土曜日。ついに二科が俺の家に住み始める日がやってきた。

二科は両親を空港まで送った後、俺の家にやってきた。

「お邪魔《じゃま》しまーす」

二科がリビングまでやってきたので、一応お茶を出してやる。

こうして改めてこの家に二科と二人きりになると、既《すで》に緊張が走る。

「あ〜、今日からはいつ親が部屋に来るかビビらなくて済むって思うと、めっちゃ気が楽〜！」

「お前なあ……親と離《はな》れて寂《さび》しいとかないのかよ」

俺が言うのもなんだけど……。

「そりゃあそれもあるけどさ……。あ、そういえば……日本を発《た》つ前、パパがなんかすごいこと言ってたな……」

「すごいこと？」

「パパとママが日本に戻ってきたら、その後私とあんたが高校卒業するじゃん？　そしたら、結婚《けっこん》だな、って」

「けっ⁉」

驚きのあまり声を荒《あら》らげる。

「な、なな、なんだそりゃ⁉　聞いてねえぞ！　どうすんだよ⁉」

そこまできたら、もう誤魔化《ごまか》しようがないじゃないか。

「まー、どうにかなるでしょ」

「どうにかって……んな、脳天気な……」

「一年半後、パパとママが戻ってきたタイミングで、あんたと別れたことにして、私が別の人と結婚したいって言えば、大丈夫だと思うんだよね」

「え⁉　いや、そんなことしたら、俺お前の親父《おやじ》さんに殺されないか⁉」

「あんたが私を振《ふ》った～とかならやばいけど、私に他《ほか》に好きな人ができてそっちの人と付き合うために別れたって言えば、私は怒《おこ》られるかもしれないけど、最終的には認めてくれると思う」

「そ、そういうもんか……？」

「だってうちのパパだって、高校のとき他に彼女がいたのに、ママに惚《ほ》れて付き合ってた彼女振っちゃったんだもん。お父さんは基本的に恋愛脳《れんあいのう》で恋愛至上主義だから、それなら仕方ないってなると思うんだよね」

「な、なるほど……」

自分の親をそんな風に言うのもどうかと思うが、娘《むすめ》の二科が言うならそうなのだろうか。

「だからそのためにも、遅《おそ》くとも二年後までには結婚したいほど好きな彼氏と付き合ってなきゃいけないってわけ！」

「そうか……」

俺も二科の親父さんに殺されたくないし、一刻も早くオタクの彼女が欲《ほ》しい気持ちは変わっていない。

二科と協力し合えることになったわけだし、益々《ますます》、これから本気で頑張《がんば》らなくてはという気持ちになる。

「うん。でさ、あれから色々考えたんだけど……まずは出会いの場探しの前に、お互いに勉強した方がいいかな、って思うんだけど」

「勉強？」

「そう。あんたも、私も……この間話した感じだと、オタクの異性の理想のタイプからはかけ離れてるわけでしょ？　だからまず、オタクの女子、男子の理想のタイプを勉強してから、出会いの場に行った方がいいのかな、って」

パーティーに行った日、二科に今の俺のままじゃダメだとめちゃくちゃにディスられたことを思い出す。色々バタバタしていて落ち込んでいる暇《ひま》すらなかったが、あれは結構ショックだった。

「それにさ、いざ出会いの場に行っても、話が盛り上がらなかったらダメじゃない？　そうならないためにも、オタク男子、女子に人気のあるジャンルをお互い教え合って、勉強してから出会いに行った方がいいと思うのよね！」

「！　あ、ああ……」

オタク女子に人気のあるジャンル、か……。確かに俺はそっち方面にかなり疎《うと》い。しかし……。

「あーでも、あんたこの間、女子人気のあるジャンルが好きな子はちょっと……って言ってたっけ？　彼女にするなら自分とオタク趣味《しゅみ》が同じ、美少女系コンテンツが好きな子がいいとかなんとか」

「ああ……」

いくら同じオタクでも、話が合わなきゃ意味がない、とどうしても思ってしまうのだ。

「そういう子って、いるとは思うけど相当少ないと思う。女子人気ある作品と男子人気ある作品、どっちも好きって子なら結構いるけど、美少女系作品だけが好きなオタク女子って、なんか怪《あや》しいっていうか……」

「怪しい……？」

「ネットのまとめとかツイッターでバズってるツイートで見た情報だけど……そういう子って大体、美少女キャラのコスプレやってるコスプレイヤーか、あるいは……所謂《いわゆる》オタサーの姫《ひめ》志望の、オタク男子にモテたくてそういう作品を勉強してるあざとい女子、ってパターンが多そうだなって」

「な……!?　い、いや……さすがにそれは偏見《へんけん》入ってるだろ！」

二科の偏《かたよ》った意見に思わず反論する。

「実際にはそういう子に会ったことないけど、ネットのまとめでオタサーの姫系を好きになって酷《ひど》い目に遭《あ》った、みたいな話見てると、まさにそういうタイプでさ。あんたみたいなのはもろにそういう子に騙《だま》されそう」

「な……!?」

美少女系作品だけが好きなオタク女子は、オタサーの姫志望？　オタク男子にモテたくてそういう作品を勉強してるあざとい女子？

そんな夢のない話、信じたくない……。

だが、そういう話がネットで飛び交《か》っているというのなら、満更《まんざら》二科の偏見というわけではないのだろうか……？

「とにかく、理想のオタク彼女を作りたいなら、そんな存在するのかも分からない、いたとしても地雷臭《じらいしゅう》が半端《はんぱ》ない幻想《げんそう》の女の子を追うよりも、まずは色んなオタク女子と仲良くなること、好感を持たれることが大事なんじゃないの？」

「……！」

「ぶっちゃけ、見た目があんたの理想で、性格もいいオタクの女の子だったら、どんなオタク趣味かってそんなに気にならなくない？　私も色々考えたんだけど、見た目と性格が好みだったら好きなジャンルってそんなに気にならないかなって思って」

「まあ、確かに……」

「オタクだったら、仲良くなってからこっちが好きなコンテンツについて教えて、それで一緒に好きになってくれたら、それはそれでめっちゃ嬉《うれ》しいしさ」

「な、なるほど……それは、確かにアリだな」

見た目と性格が俺の理想のタイプの女の子だったら……確かに、腐女子《ふじょし》だろうが乙女《おとめ》系コンテンツ好きだろうが、全然アリだ。

「だからまずは、オタク女子と仲良くなれるように、オタク女子に人気があるコンテンツについて私が詳《くわ》しく教えてあげるわ！」

「二科……！」

「だからあんたも、私にオタク男子に人気があるコンテンツを教えてよね！　まずはそういう話でオタク男子と仲良くなれば、理想のオタク彼氏が作れるはず……！」

「ああ、分かった！」

二科の提案は確かに納得《なっとく》できるものだった。

オタク女子に人気があるコンテンツを勉強して、理想のオタク彼女が作れるのなら、そんな努力くらい苦ではない。

そんなわけで、俺たちは出会いの場に行く前にまず、互いにオタクの異性に人気のあるコンテンツを教え合うことになった。

「とりあえず今日は、オタク男子人気が高いコンテンツを俺がお前に教える、ってことでいいんだな？」

「うん！　でもその前に……お腹空《なかす》かない？」

気付けば、十九時を回っていた。

「ああ、そうだな。昨日炊《た》いた米で良ければ冷凍庫《れいとう》に保存してあるから、コンビニでおかずでも買ってくるか」

「今家に何もないの？　冷蔵庫見ていい？」

「ああ……これから住むんだから、許可なく勝手に開けていいけど」

俺の言葉に、二科は冷蔵庫を開けて中を見る。

「大したもんないだろ」

「卵があるし、野菜もちょっと残ってる……あんた、料理するんだ。意外」

「まあ、ちょいちょい簡単なもの作る程度だけど……」

「これだけあればチャーハン作れるじゃん。作っていい？」

「……！　あ、ああ……」

驚《おどろ》く俺を気にも留めず、二科は手際《てぎわ》よく料理を始めた。作り方を見もせずに、手慣れた手つきで野菜室に残っていた青ネギや玉ねぎを切る。

こいつ、マジで料理すんのか……俺からしたらそっちの方が意外すぎる。こんな見た目のギャルが料理するなんて、誰《だれ》も想像できないと思う。

「えっと……俺も何かやるか？」

「いや、いい。適当にやってて」

「あ、ああ……」

二科がそう言うので、とりあえずソファーに座ってスマホを弄《いじ》る。

うちのキッチンで、あのド派手なギャル、二科心《こころ》が料理しているなんて、なんとも不思議な光景である。

やがてチャーハンを炒《いた》める美味《おい》しそうな匂《にお》いが漂《ただよ》ってきて、自分以外の、それも女子が料理してくれるって、なんて素晴《すば》らしいんだろうなんて思った。

「はい、できた」

料理を、二科がテーブルへと配膳《はいぜん》する。

「……！」

残り物で作ったとは思えない、美味《うま》そうなチャーハンが出てきた。

「お母さんに、食事はできるだけ出来合いのもの買ってくるんじゃなくて料理作りなさい、って言われたからさ。花嫁修業《はなよめしゅぎょう》も兼《か》ねて、って……」

それでわざわざ料理を……。

「じゃ、いただきまーす」

「……！」

「何、どうしたの？」

「あ、いや……いただきます！」

誰かが作ってくれた夕飯を食べるのって、いただきます、って言葉を口にするのって
……一体どのくらいぶりだろう。

家族が海外に行ってから、特に寂《さび》しいとか思ったことはなかった。

だけど、久しぶりにこうして誰かと食事すると、こういうのもいいもんだなあなんて、
改めて思う。

「……！　う、美味い！」

一口食べて、自然と声が出た。俺が普段《ふだん》作っている料理の、何倍も美味い。

基本的に、買ってきた弁当や総菜か、作ったとしてもおおざっぱな男の手料理ばかりだ
ったので、久しぶりの美味い手料理に不覚にも感動する。

「あ、そう？　めっちゃ適当だけど……」

「いや、マジで美味いって！　お前、料理上手《うま》いんだな⁉」

「い、いやいや、こんなんできるうちに入んないから……」

二科がそっけなく返すので、途端《とたん》に恥《は》ずかしくなってくる。

俺、いくら初めての女子の手料理に感動したからって、恥ずかしげもなく大袈裟《おおげさ》に褒《ほ》め

すぎたか……。

二科に引かれてると思って、ふと正面の二科の顔を見ると……。

二科は少し頰《ほお》を赤くして、俺から目を逸《そ》らしていた。

ん？　もしやこの反応って、俺が褒めたことに対して、照れてるのか？　こいつ、そういう可愛《かわい》いところも少しはあるんだな……。

「あ……え、えっと、とりあえず話を戻《もど》すけど、今オタク男子に流行《はや》ってる作品教えて！　私、男子人気高い作品は『アイステ』しか知らないから」

チャーハンを食べながら、二科が話を本題に戻す。

『アイステ』――アニメ化もした人気女子アイドルソシャゲだ。

俺もとても好きなコンテンツで、女子人気があるとは聞いていたが、まさか二科も好きだとは。

「ああ。えっと、今一番オタク男子にアツいコンテンツは……やっぱり『FGO《エフジーオーゼロ》』だな」

「あぁ～、流行ってるよね！　フォロワーさんでもハマってる人いる！　私はやったことないけど……」

『FGO』……『ファイナルゴッド０』が正式名称《めいしょう》であり、スマホのバトルファンタジーソーシャルゲームだ。

俺自身も今一番ハマっているソシャゲであり、ツイッター上でもフォロワーがよく話題にしている。まあ、ガチャ爆死《ばくし》報告のツイートが一番多いが……。

「ああ。ゲームとしても面白《おもしろ》いし、何よりキャラ人気がすごくて、周りの友達も俺自身も今一番課金してるソシャゲだな」

「へー、じゃあとりあえずインストールしとこっと。今日から始めてみるわ」

二科は自分のスマホに『ＦＧＯ』をインストールした。随分《ずいぶん》素直だなと感心する。

「それからあとは……これは俺が個人的にハマってて、今盛り上がってるのが、『バーチャルＹｏｕＴｕｂｅｒ《ユーチューバー》』だな」

「あ～、なんか最近よく聞く！　なんだっけ……えっと、『ユメノ☆サキ』でしょ？」

「ああ、それだ！」

『バーチャルＹｏｕＴｕｂｅｒ』とは、ＹｏｕＴｕｂｅで動画を公開してるバーチャルキャラクターのことだ。中の人がキャラになりきって動いて喋《しゃべ》り、それが３Ｄモデルとして映像になる。

要は、『ＹｏｕＴｕｂｅｒ』の二次元バージョン、といったところだろうか。

「ＹｏｕＴｕｂｅｒは結構見てんだけどねー、けみをさんとか、友達がめっちゃ話してるから。でもバーチャルの方は全然実際見たことないや」

「そしたら見た方が早いな。夕飯食べ終わったら、俺の部屋にＰＣあるから……」

そこまで言って、ハッとする。

待てよ、そんなこと言ったら、俺の部屋に二科を招き入れることになるな……？

「ふーん。もう食べ終わったから早く見せてよ」

「……！　え、あ、えっと……あ、ああ……」

二科が何の抵抗《ていこう》もなくそう言い出したので、俺は更《さら》に焦《あせ》る。

二科は嫌《いや》じゃないのかよ。俺と二人っきりで、俺の部屋に入るなんて……。

言いかけてしまったからには今更後には引けないので、仕方なく俺の部屋へと移動する。

内心心臓はバクバクだが、なるべく顔に出ないよう注意した。

二科は全く俺の好みではないとはいえ、同い年の見た目だけは可愛い女であることには変わりない。そんな二科と、俺の部屋に二人きりだなんて……。

こんなことで意識してどうする。今日からずっと二科と二人きりでこの家で暮らさなければならないのに。

「ちょ、ちょっとここで待って」

「え？　う、うん」

二科を部屋の前で待たせて、慌《あわ》てて部屋を片付ける。とりあえず机の上やベッドの上に散らばっていたエロ系の漫画《まんが》、同人誌を引き出しの中に仕舞《しま》った。

いくら二科がオタク女子でも、見られたらまずい。

「もういいぞ」

「はーい。うわっ、すごいオタク部屋……」

二科は俺の部屋をキョロキョロと見渡《みわた》す。俺の部屋はポスターもフィギュアもグッズも飾《かざ》り放題の典型的なオタク部屋だ。

二科が部屋の扉《とびら》を閉めたことで密室に二人きりの空間になってしまったが、なるべく意識しないようにしてPCの電源を入れた。

「えーっと……あ、こ、これだ」

YouTubeに飛び、一番人気のあるバーチャルYouTuber『ユメノ☆サキ』の動画を再生した。

「やっほー、ユメノ☆サキだよ！　今日は今人気のこちらのゲームをやっていきたいと思います！　……」

『ユメノ☆サキ』がゲームを始める。二科は真剣《しんけん》に見入っていた。

「へー、すごーい！　これ、人間が動いてるのがこうなってるの!?」

「ああ。『ユメノ☆サキ』の中の人は非公開だけど、新人声優って言われてるな」

「今こういうのがオタク男子に流行ってるんだ～。確かにめっちゃ可愛い！　ビジュアルは勿論《もちろん》、声も可愛いーっ！」

二科は意外にも夢中になって見ていた。そのまま何本か『ユメノ☆サキ』の動画を続ける。

「なるほどねー。動画も面白いし何よりサキちゃん可愛い！　今後もちょっとずつ見ていこっかな～。……」

ある程度動画を見終えた二科が、不意に俺の本棚《ほんだな》の方を見る。

「っていうかさ、この部屋に入ったときから気になってたんだけど……あそこに並んでるのって、同人誌？」

「！」

まずい、本棚はノータッチだった。本棚に並んでいる状態じゃ背表紙しか見えず、オタク以外にはそれが同人誌だなんて分からないので、特に気にしていなかった。

「だ、だったら何だよ……」

「私、女性向け同人誌はよく買ってるけど、男性向け同人誌って見たことないんだよねー。見ていい？」

「は、はあっ!?」

まさか同人誌を見せて欲しいなんて言われるとは思わず、声を荒《あら》らげる。

「だって今日は、オタク男子に人気が高いコンテンツを教えてくれるんでしょ？　同人だって人気コンテンツの一つじゃん！」

「ま、まあそうだけど……い、い、言っとくけど、俺が持ってるのじゅ、十八禁ばっかなんだけど……」

「あー、まーそうだよね。同人って基本そっちのが多いじゃん」

「⁉」

つまり、エロだって分かって見たいって言ってんのかよ⁉　こいつ……男キャラのエロいフィギュア持ってたし、どんだけエロに興味津々《きょうみしんしん》なんだよ⁉

「何よ、恥ずかしいってわけ？　私だってフィギュアとか見せたんだからいいじゃん！」

「あれは別に見たくないのにお前が勝手に見せてきたんだろ！　あーもう、分かったよ！」

仕方なく、俺は本棚から、比較的《ひかくてき》初心者向け（絵が可愛い、綺麗《きれい》、純愛系でソフトなもの）のエロ同人誌を取り出して、二科に渡した。

「ほらよ」

「あっこれ、『アイステ』の本じゃん！　めっちゃ可愛い！」

二科は興奮気味に『アイステ』の同人誌を開く。あの本は確か……マネージャーである主人公と担当アイドルが関係を持つという純愛本で、比較的絵も可愛く見やすいのだが……純愛とはいえ当然そういうシーンはガッツリある。

ああ、やっぱり見せるべきではなかっただろうか？　という後悔《こうかい》が今更押し寄せてくる。

「うわー……やっぱり男性向け同人誌って、色々しっかり描《えが》かれてるんだ……」

二科は顔を赤らめながらブツブツと呟《つぶや》きつつ本を読み進めている。どんだけじっくり見てるんだと突《つ》っ込《こ》みたくなるくらい、次のページを捲《めく》るまでの時間が長い。座ったまま読みながらもじもじしている。

「エ、エッロ……！」

中学生男子レベルに興奮している二科に、最早《もはや》何も突っ込めない。

途中《とちゅう》まで読んだところで、突然《とつぜん》パラパラと捲る手が速くなった。飽《あ》きたのか？　と思いきや、勢いよく本を閉じると、

「続きは部屋で見るわ！」

「へ、部屋!?　持ち帰る気かよ！」

「他《ほか》にも数冊持ってっていい？」

「お、お前なあ……！　まあ、いいけど……」

「じゃあ、これとこれとー、あとこれ……。あ、これ、さっきの『ユメノ☆サキ』ちゃん

の本じゃん！　これも持ってく！」

二科は計六冊もの同人誌を本棚から取り出した。とんだむっつりスケベ野郎《やろう》である。

こいつ、自分の部屋にこれを持ち帰って、一体どうするというのだろうか……？　い、いや、変なことを邪推《じゃすい》するわけじゃないが……。

「あ、一応風呂《ふろ》掃除《そうじ》してあるけど……先に入るか？」

俺の部屋を出た後、せっかく掃除《そうじ》したので、俺が先に入るのもちょっとな……と思い、聞いてみた。

「え、じゃ、先に入らせてもらおっかなー！」

二科は自室から着替《きが》えを持ってきて、風呂場へと向かった。

俺がリビングのソファーに寝転《ねころ》がってスマホで今日の分のオタ活（ソシャゲや、好きなバーチャルＹｏｕＴｕｂｅｒの動画のチェック、ツイッターのチェックなど）に励《はげ》んでいると、二科が風呂から上がってきた。

「お先～」

風呂上がりの髪《かみ》が濡《ぬ》れた状態の二科は、ピンク色のフワフワのパジャマを着ている。胸《むな》

元《もと》は開いており、下はショートパンツで白い太股《ふともも》が生々しい。当然、顔はすっぴんだ。頬《ほお》が仄《ほの》かに赤く火照《ほて》り、なんとも言えない色気と可愛《かわい》らしさが同居していて……。

な、なんだよこいつ……！　メイクしない方が全然可愛いじゃねえか！

いつものメイクバッチリな二科よりも、こっちの二科の方が、正直俺のドストライクだ。

い、いや、中身はあの二科だぞ。ガチオタ腐女子《ふじょし》の二科だぞ！　と自分で自分に言い聞かせて、二科から目を逸《そ》らした。

部屋中にシャンプーのフローラルないい匂《にお》いが漂《ただよ》い、このままここにいたら嫌でもドキドキしてしまうので、俺は慌てて風呂へと向かった。

「あ、俺風呂入るけど、もうあとは好きにやってていいから！」

「あ、うん」

「…………。さっきまでここに、裸《はだか》の二科が……」

洗面所にも浴室にも、俺一人だったときにはまったくしていなかったフローラルな香《かお》りが充満《じゅうまん》していた。

さらに、洗面所にはボトルが四つほど、浴室にはシャンプーやトリートメント、メイク落としや洗顔フォームなどが一気に増えている。女子って、こんなに色々必要なのか……。

この家の風呂に妹以外の女の子が入ったのは当然初めてだ。想像して興奮しそうになるのを必死に抑《おさ》える。

今日からは毎晩、本当の恋人同士《こいびと》ではない俺たちが、別室とはいえ二人きりで夜を過ごすのか……。

さっきまで色々あってそれどころじゃなかったけど、今になって意識してしまう。

二科はいくら俺の好みのタイプでないとはいえ、腐女子でガチオタとはいえ、超絶《ちょうぜつ》美少女であることには間違《まちが》いない。

俺……今日から毎晩、ちゃんとやっていけるのだろうか？

髪を乾《かわ》かしてスウェットを着て脱衣《だつい》所を出ると、二科がソファーでスマホを弄《いじ》っていた。

もう自由にしていいと伝えたため、てっきり部屋に行ってるものだと思っていたので、驚《おどろ》く。

「……？　ど、どうかしたのか……？」

「えっと、初日に色々決めとかなきゃいけないかなって思って。家事の分担とか」

「ああ……確かにそうだな」

その後話し合いをして、家事の分担が決まった。

洗濯《せんたく》は二科（下着の洗濯などもあるので）。リビングや階段の掃除は俺。

夕飯の料理は交替制で、弁当や総菜を買ってくるのもアリ。洗い物は料理をしなかった方がする。朝食はそれぞれ自分の分を用意する。

トイレ掃除と風呂掃除は、休日に交替制で行う。ゴミ出しも交替制。

とりあえずざっくりと決めて、今後揉《も》めたらその都度話し合おうということになった。

「よし……まあ、これで大体決まったな。じゃ、今日はもう寝《ね》るか」

「あ、あのさ、それと……改めて、今日から宜《よろ》しく」

二科は少し照れたような様子で、俺に言う。

「あんたのおかげで日本に残れるようになって……ほんと、めちゃくちゃ助かった。その恩をちゃんと返せるように、これから全力で協力するからさ。だから……改めて宜しく」

「あ……ああ！　こ、こちらこそ、宜しくな！」

「言いたかったのはそれだけだから。じゃ、おやすみなさい」

「ああ……おやすみ」

誰《だれ》かにおやすみを言ってもらったのって、どのくらいぶりだろう。

会話を終えて、二科は部屋へと向かっていく。

もしかして二科は……改めてきちんと挨拶《あいさつ》がしたくて、俺が風呂から上がるのを待ってくれていたのだろうか？

案外、女の子らしいところもあるじゃないか……。

＊　＊　＊

翌日。

「あのさ、くれぐれも、私と一緒《いっしょ》に暮らしてることと、私がオタクだってこと、学校で言わないでね！」

「わ、分かってるっつの！」

食卓《しょくたく》を挟《はさ》んで朝食を食べながら、二科に念を押される。

「一緒に暮らしてるのがバレたらヤバいから、当然行きも帰りも別々ってことで！」

二科はそう言うと、先に家を出て行った。

昨日、案外いい奴《やつ》だなあなんて思ったりしたばかりで、早速《さっそく》これだよ。俺みたいな奴と一緒に暮らしてるってバレるのが、そんなに嫌《いや》かよ！

そりゃあ付き合ってもない冴《さ》えない男と変な誤解されたくないってのは分かるけど、俺の厚意《こうい》で家に住まわせてやってるんだから、もう少し言い方ってもんがあるんじゃねえのか？

でも、まあ……もし学校にバレたら、下手したら俺の親に連絡《れんらく》が行ってしまうかもしれないので、そこまで考えてああ言ったのかもしれないが……。

その日、学校で、一度だけ二科の姿を目にした。

派手なギャルたちと廊下《ろうか》を歩いていた。

一瞬《いっしゅん》だけ目が合って、互《たが》いにすぐに目を逸らす。

あいつと俺が同じ家で暮らしているなんて、誰も夢にも思わないだろう。自分でも信じられない。

あのパーティーで会わなければ、一生関《かか》わり合うことのない人種だったと、改めて思う。

俺がいつもより少し遅《おそ》めに学校から帰宅すると。

「……っ!?」

帰宅してリビングに入って、俺は目に入ってきた光景に目を疑った。

「あっ……お、おかえり」

バーチャルＹｏｕＴｕｂｅｒの『ユメノ☆サキ』が、三次元になってそこにいた。

——のではなく、ユメノ☆サキのコスプレをした二科が、全身鏡の前に立っていた。

俺の姿を見て、気まずそうな、恥《は》ずかしそうな表情になる。

衣装《いしょう》は勿論《もちろん》、ピンク色ウィッグまでかぶっており、青いカラーコンタクトまで装着し、メイクもバッチリで、まるで画面の中から出てきたかのように、完璧《かんぺき》に可憐《かれん》な美少女である。

こいつが、昼間に学校で見たのと同一人物だとは、色んな意味で信じられない。

「な、なんだそれは⁉」

「学校帰りに池袋《いけぶくろ》のコスプレショップ行ったら、ちょうどユメノ☆サキの衣装とウィッグ売っててさ！　つい買っちゃった！　やっぱ今人気なんだね！」

「な、なんでまた……⁉」

ノースリーブにミニスカートと、三次元の人間が着てみると案外肌《はだ》の露出度《ろしゅつど》が高く、目のやり場に困る。

「今度オタクの出会いの場に行ったら、このコスプレで参加しようかなって思って！　サキちゃんがオタク男子人気高いなら、注目度も高まるじゃん⁉」

「な、なるほど。わざわざそのために……？」

「まー、キャラも衣装も可愛かったから、単純にコスプレしてみたいって思ったのもあんだけどね」

「え、もしかして、お前って元々コスプレとかしてたのか？」

「イベントでしたことはないけど、宅コス……家で一人で好きなキャラのコスプレして写真撮《と》って遊んだりはしてて。本当は外でしてみたいけど、一緒にコスしてくれる友達いないから」

「あ、ああ……」

なんて悲しい話を聞いてしまったんだ。こんなに可愛いし似合ってるのに、家でコスするだけなんて勿体《もったい》ない。そう思ってしまうほど、二科の『ユメノ☆サキ』コスプレは似合っていた。

このコスプレで出会いの場なんて行ったら、間違いなくたくさんのオタク男性が釣《つ》れるんじゃないだろうか。

「で、この間色々教わったから、今日は私があんたに、オタク女子に人気があるコンテンツを教える番よね！」

二科は『ユメノ☆サキ』のコスプレ姿のまま、ウキウキでそんなことを言い始めた。

「そ、そうなのか……」

「ねえ、PS4つけていい？　私アマゾンプライムの会員になってるから、おすすめのアニメ見せられるわ！」

二科は手際《てぎわ》よくPS4の電源を入れ、アマゾンプライムビデオのトップ画面を出した。

「そうねーまずは……やっぱ今一番は、『ネクステ』ね！」

『ネクストステージ』……今期女子人気ナンバーワンと言われているアニメだ。

「とりあえずこれ押さえておけば、多くの女の子と話が盛り上がるはずだから！　普通《ふつう》に見ても面白《おもしろ》いし！」

「そうなのか。そこまで言うなら……」

とりあえず二人でソファーに座ってアニメを一緒に見ることにした。

しかし……ソファーが大きくないから仕方ないけど、距離《きより》が近い。

『ユメノ☆サキ』の衣装って、三次元で見ると益々《ますます》露出《ろしゅつ》高いな……。

隣《となり》に座り二科を、横目でバレないようにチラ見する。

ノースリーブの衣装だから二科の肩《かた》や脇《わき》も見えるし、生地《きじ》がぴったりしているので胸も強調されている。その上ミニスカートからは白い太股《ふともも》が近い距離で見えて、嫌でも意識してしまう。

「あんたもさすがに知ってるとは思うけど、『ネクステ』は大人気ソシャゲのアニメ化でね、主人公の女の子が事務所の新人プロデューサーとして個性的なイケメンアーティストたちをプロデュースする、って内容で……」

「え⁉　あ、ああ……」

オープニングの最中、二科が解説を始める。

中身はともかく、見た目だけは好きな美少女キャラ『ユメノ☆サキ』にそっくりな姿の女の子に、こんなに近い距離で話しかけられるって……うん、実に悪くない。

「アニメもめっちゃできよくてさ！　ほら、めっちゃ作画良くない⁉　話も面白いから男子でも絶対楽しめるはずだし……」

二科はテンション高くペラペラ語り続けるが、俺はコスプレ姿の二科が気になってしまいイマイチアニメに集中できない。

「あぁ——っ薫《かおる》ちゃんっ！」

そんな中、突然《とつぜん》二科が叫《さけ》びだしたので、俺はびっくりした。

「な、何だ⁉」

「ほら、この金髪《きんぱつ》の子！　私の推《お》しだから！」

画面には、金髪の美少年が映っていた。確かこのキャラ……二科の痛バに大量に缶《かん》バッチがつけられていたキャラだな。『ネクステ』のキャラだったのか。

「この子は『橋本薫《はしもとかおる》』ってキャラでね、メインキャラ『藤宮幸人《ふじみやゆきと》』の幼なじみで、昔は仲良かったんだけど今はいちいち突《つ》っかかってきて、その理由が実は過去に幸人に裏切られたと思ってるからで、愛情の裏返しなわけ！　つまりツンデレで拗《こじ》らせてるホモなの！　めっちゃ可愛《かわい》くない!?」

「お、おう……」

二科はいきなり興奮気味に大声&早口になって一気に語る。前にも一度こうなったが、いつもの喋《しゃべ》り方や声と違《ちが》って、いかにもなオタクっぽい喋り方である。

「あーもう可愛いなー動いてる薫ちゃんとかほんとしんどい！」

「お前このアニメ一回見てるんだよな……？」

「一回どころか、回によるけど最低三回以上は見てるわね！」

「…………」

「あぁ～このカットほんとすこ！　見てよ、薫ちゃんの貴重なサービスシーン！　やばくない!?　エロすぎる！　こんなんモブおじに●●されても仕方なくない!?」

「なっ……!?」

二科はユメノ☆サキのコスプレのまま、最早《もはや》ソファーの上で暴れ回りながら大声でとんでもない言葉を叫んでいる。

「あぁ～えっちだなぁ～、ほんとシコいなあ～」

「……めろ……」

ついに俺は辛抱《しんぼう》できず、思いが口をついて出た。

「え？　一ケ谷《いちがや》、今なんか言った？」

「やめろ……腐女子《ふじょし》語りすんのはいいが、『ユメノ☆サキ』の姿ですんのはやめろ！　サキちゃんのイメージぶち壊《こわ》すんじゃねえ！」

「へ……」

それは、今の俺にとって切実な心の叫びであった。

「いくら外見だけサキちゃんにそっくりでなりきれてても、中身が違いすぎるんだよ！　そんなんじゃコスプレも台無しだな！　いくら男子人気の高いキャラに見た目だけなりきっても、口を開いたらソレだったら、モテるどころかファンからキレられるっつの！」

「な、な……!?」

二科は驚《おどろ》いて俺を見た。

自分の好きなキャラを汚《けが》されたような気分になって、俺はもう我慢《がまん》の限界だった。

なまじそっくりなコスプレができてしまっているだけあって、イメージがブチ壊しだ。

「な、何よ⁉　コスプレなんて、見た目がなりきれてたら中身なんて関係ないじゃん！」

二科はしっかり映像を一時停止してから、俺に言い返す。

「見た目がいくらキャラにそっくりでも、中身が違いすぎたら、完璧なコスプレとは言えねえだろ！　お前はオタク男子の気持ちを全く理解できてないな」

「な、なっ⁉　私が、理解できてない……⁉」

「ああ。せっかく動画見せたりゲームやアニメ教えたり、同人誌まで見せたっていうのに……オタク男子の心を全然理解できてねえ」

「〜〜っ！　……」

二科は俺の言葉に怒《おこ》った様子で、悔《くや》しそうに俺を睨《にら》み付ける。

「お……覚えてなさいよっ！」

女の敵キャラのような捨て台詞《ぜりふ》を吐《は》くと、そのまま立ち上がってリビングを出て行った。

「あ……！」

まずい、言い過ぎたか……？　『ユメノ☆サキ』を汚されたような気持ちになって、ついムキになってしまったが……。

その日は互いに別々に夕食をとり、言葉を交《か》わすことなく眠《ねむ》りについた。

翌日。朝も一言も言葉を交わさないまま、家を出て登校した。

二科がまだ怒っているかもしれないと思うと、学校から家に帰るのが憂鬱《ゆううつ》だった。

オタク友達と放課後秋葉原《あきはばら》に寄り道してから、夜六時頃《ごろ》に家に着くと、電気がついていた。

さすがに二科は先に帰っているようだ。

「ただいま、………」

階段を上がって、少し緊張《きんちょう》しながら扉《とびら》を開け……

俺は、目の前の光景に思考停止した。

「やっほー、おかえりなさい！　『ユメノ☆サキ』だよ！　ちょうどご飯できたところだからね♪」

二科は昨日に引き続きユメノ☆サキのコスプレをしていたのだが……なぜか、声や口調までユメノ☆サキになりきっている。

「え？　いや、あの……」

食卓《しょくたく》の上には見るからに美味《おい》しそうな味噌汁《みそしる》にトンカツ、白いご飯が並び、食欲をかき立てる匂《にお》いを漂《ただよ》わせていた。

な、なんじゃこの状況《じょうきょう》!?　これ、二科が作ったのか？

「おい、ちょっと……」

「ほら、早く手洗って席着いて！　冷めちゃうよ！」

二科に言われるがまま、手洗いうがいをしてからソファーに腰《こし》かける。

「はい、じゃ、いただきまーす！」

「い、いただきます……」

えーっとこれ、どこから突っ込んだらいいんだ？

てっきり、まだ激怒《げきど》しているもんだと思っていたのだが……。

いや、もしかしてこれ自体何かの罠《わな》なのか？　食事に毒でも盛ってあるとか？

「ん？　どうしたの？　食べないの？」

二科は箸《はし》を持ったまま固まっている俺の顔を見つめてくる。

さすがに毒なんてありえない……よな。そう思って、トンカツを一切れ食べた。

口元に広がる、ジューシーな味。めちゃくちゃ美味《うま》い。どっかで買ってきたものなんかではなく、手作りだと一口で分かる。本当に二科が作ったのか……。

「どう？　美味しいかなあ？」

「あ、ああ……」

毒が入っているどころか、ユメノ☆サキのコスプレでこんなに美味しい食事を作って待っていてくれたなんて……一体どういう風の吹《ふ》き回しなんだ？

ん？　ま、待てよ……。

まさか二科は……昨日の俺の『中身が違いすぎたら、完璧《かんぺき》なコスプレとは言えない』『オタク男子の心を理解できていない』という言葉を真に受けて、意地になってキャラになりきっているというのか？

しかし、『ユメノ☆サキ』は特に料理が上手《うま》いとか、そういう設定があるわけではない。むしろ、このシチュエーションは……この間二科が俺の部屋から持っていった、ユメノ☆サキの同人誌――サキちゃんとファン（モブ）が結婚《けっこん》する、という十八禁同人誌の展開にそっくりなのだ。

まさか二科は、あの同人誌を読んでオタク男子の理想を勉強して、今それを実践《じっせん》してるっていうのか……!?

「ご、ご馳走様《ちそうさま》……」

「どうだった？」

「え、ああ、美味かったよ……」

「それもだけど、そうじゃなくて！　私のユメノ☆サキのなりきり具合、どうだった⁉」

二科が突然地声に戻《もど》って、俺に詰《つ》め寄る。なりきりはこれで終わったのか。

「あ、えっと……まあ、昨日よりはなりきれてたんじゃないのか……？」

「何その評価⁉　完璧にユメノ☆サキちゃんだったでしょうよ⁉」

「完璧かって言われたら、ぶっちゃけ、まだ程遠《ほどとお》いかな……そもそも三次元が二次元に敵《かな》うわけないし」

　確かに声も見た目もなりきれていたが、ユメノ☆サキちゃんの存在自体の尊さを考えると、まだ遠く及《およ》ばないというのが正直な感想である。

「はぁぁ⁉　これだからキモオタはぁ！」

「お前が感想求めてきたんだろ……⁉」

「くっ……それなら……」

　二科は自分の部屋に駆《か》け込み、何かを持ってすぐに戻ってきた。

　手に持っていたのは……。

「ゴホン、あー、あー、……ほら、耳かきしてあげるから、おいで♡」

突如《とつじょ》声のチューニングを始め、またサキちゃんに似た声を出し始めたと思ったら、とんでもないことを言い出した。

「み、耳かき⁉」

「なっ、ななな⁉」

「あ、あの同人誌でも耳かきシーンあったし、何より……数あるユメノ☆サキちゃんの動画の中でも、再生数も多くてコメント欄《らん》ですごく評判が良かったのが、耳かき動画だったから……！　ここまでやって完璧じゃないなんて言わせないからっ！」

二科は耳かき片手に照れながら言う。

確かに、サキちゃんの耳かき回の動画は最高だったが……。

「それにっ！　コメント欄を見るにやっぱ、オタク男子って可愛い女の子に耳かきしてもらいたい願望あるみたいじゃん？　これから理想のオタク彼氏ができたら、その人の好きなキャラになりきって耳かきとかしてあげたいなって！」

要は練習台かよ……⁉

「あーもう、いいから早くしてよ！」

二科は俺の肩《かた》を摑《つか》むと、ヤケクソ気味に半ば強制的に自身の太股《ふともも》の上に俺の身体《からだ》を横たわらせた。

二科の柔《やわ》らかい太股の感触《かんしょく》が、俺の頭に伝わる。

スカートが短いから、直接二科の肌《はだ》が俺の頬《ほお》に当たっている。

女の子に膝枕《ひざまくら》されるって、なんて気持ちよく、幸せな気持ちになれるのだろうか……？

しかしこいつ、昨日俺にああ言われたのが悔しかったのか知らねえけど、どこまでやるつもりだよ……!?

「ふふ、どう？　気持ちいい～？」

ユメノ☆サキのモノマネ声で語りかけながら、二科は本当に耳掃除《みみそうじ》を始める。

その声に、悔しくも母性の欠片《かけら》を感じてしまう。まさか二科に母性を感じる日が来るとは思っていなかった。

いつものキャンキャンうるさく、ＢＬや好きなキャラに萌《も》えている二科からは考えられない。

動画でのユメノ☆サキ自身が、十六歳という年齢《ねんれい》設定ながら、母性の強さがところどころににじみ出ているという素晴《すば》らしいキャラクターなのだが、今の二科はそこすら寄せることができている。

二科の耳掃除は、優《やさ》しい手つきでとても気持ちが良い。耳掃除の感触、太股の柔らかい感触……ここが天国なのかと思ってしまうほど幸せな気分になってくる。

「……！」

更《さら》に、少し二科の方に視線だけ向けると、俺の顔のすぐ上には二科の胸がある。少し頭を動かしたら胸に当たってしまいそうなほど近い。

さっきは、まだ程遠い、なんて言ったが……二科のなりきりコスプレは、三次元の中では最高レベルと言っていいだろう。

好きなキャラに見た目も喋《しゃべ》りもそっくりな可愛《かわい》い女の子に、こんなに奉仕《ほうし》してもらえるなんて……オタクにとっては最高潮の幸せかもしれない。

まさか二科が、たった一日でオタク男子の理想をこんなに学ぶなんて。

そこで俺は、気付く。

あの同人誌は、十八禁なので、当然この後……夜の行為《こうい》に発展する。

い、いや、まさか、二科がそこまで再現するわけない。

しかし……もしかしたら序盤《じょばん》の添《そ》い寝《ね》するところまではやったりして……いやいやいや、何考えてんだよ俺！

「はい、終わり！」

そこで二科が俺の身体を乱暴に自分の膝の上から退《ど》けた。声も戻っていて、急激に現実

に引き戻される。

「ね、どうよ⁉　今度こそ、サキちゃんに完璧になりきれてたでしょ⁉」

二科は脅《おど》しかというくらい強い口調で言いながら、俺の制服のネクタイを引っ張る。

「ぐえっ、苦し……」

「こんなに完璧になりきれたらもう、オタク男子のハート鷲摑《わしづか》みじゃない⁉　イケメンで理想のオタク彼氏だってすぐできちゃうよねっ⁉」

「なっ……」

またしても、ユメノ☆サキちゃんの格好で、暴力まがいな行動と、とんでもない発言してくれやがって……！

「ちょっと一ヶ谷⁉　なんとか言いなさいよ！」

「……ねえ……」

「え？」

「やっぱりお前、全然なりきれてねえ——っっ！」

俺の必死の雄叫《おたけ》びは、家中に空《むな》しく響《ひび》いたのだった。

＊＊＊

夕飯の食器を片付け、それぞれ風呂《ふろ》に入ってから、二科は自室へと戻った。

深夜十二時が近づき、俺はリビングのテレビをつけ、チャンネルを替える。

もうすぐ今期で一番俺が推しているアニメが始まる時間だ。

そこに、二科がやってきた。

「あれ、まだ起きてんの」

「お前こそ」

「私はお手洗いに……」

「これから好きなアニメ始まるから、リアタイすんだよ」

「へー、なんてアニメ？」

「『モテ王』。今期で一番男子人気高いから、参考になるんじゃねえか」

「ふーん、じゃ、私も観《み》よっかな」

俺の言葉に、二科はトイレに行ってから、ソファーの俺の隣《となり》に座った。

「このアニメはな、少し特殊《とくしゅ》な設定のラブコメアニメで……」

俺はアニメが始まる前に二科に説明を始める。

『モテ王』──ラノベ原作のアニメだ。

主人公が入学した高校が『モテ至上主義』であり、校内で人気投票が定期的に行われ、異性からの人気に応じて生徒の扱《あつか》いが違《ちが》うという特殊な設定である。

元々モテなかった主人公だが、女の子の協力を得て少しずつモテていき、校内の『モテランク』が上がっていく──という下克上《げこくじょう》ラブコメ作品だ。

「へー、面白《おもしろ》そうじゃん」

「それでだな、このアニメでメインヒロインを差し置いて今一番人気のあるキャラが、この紺色《こんいろ》の髪《かみ》でボブカットの『笹目林檎《ささめりんご》』ってキャラで……」

オープニングが始まったので、テレビ画面を見ながら説明を続ける。

『笹目林檎』は、所謂《いわゆる》負けヒロインである。幼なじみで、メインヒロインは別にいるという時点で、視聴《しちょう》者は第一話から察している。

それでも、いや、だからこそなのか、林檎はメインヒロインよりも人気がある。面倒見《めんどうみ》がよく、唯一《ゆいいつ》最初から主人公にデレており、尽《つ》くしてくれるという正統派幼なじみキャラだ。

「ビジュアルが可愛いとか声優が花沢《はなざわ》さんだからだとか、人気の理由は色々あるけど、俺が思うに……この作品は最初はどのヒロインも主人公に対して冷たいのに、モテないダメダメなときから唯一、林檎だけは主人公を好いてくれてるから、だと思うんだよな。それに林檎は、このご時世に幼なじみキャラの基本を全《すべ》て押さえてくれている。毎日家に迎《むか》えに来て、弁当も作ってくれて、両親と別々に暮らしている主人公の家で夕ご飯を作ってくれるし……林檎には、幼なじみ萌えの全てが詰まっている。幼なじみは負けヒロインだとか不人気だとか最近言われがちだが、それでも色んな作品に幼なじみキャラが出てくるのは、結局男がみんな幼なじみが大好きだからだ！」

「ちょっ、うるさいうるさい熱く語りすぎ。アニメの声聞こえないじゃん！」

「なっ⁉　せっかく俺が有益な情報をこんなに熱心に教えてやってるっつーのに……！」

「まーでも……なるほどね。幼なじみ……」

二科は興味ありげに真剣《しんけん》にテレビ画面に見入っている。

「やっぱり……女の子に料理作ってもらうって、そんなにいいの？」

「何を当たり前なことを⁉　そりゃあもうめちゃくちゃ嬉《うれ》しいに決まってんだろっ！」

「ふーん、そっか……」

今日の回を見終えた後、二科が今までの『モテ王』も観たいと言うので、録画してあるものを一話から見せた。

横で俺が詳《くわ》しく語ってやったのに対し、二科は時折『うるさい』と悪態をつきながらも、たまに質問してきたり感心していたりして、一応俺の語りも参考にしているようだった。

「しかし林檎の人気は相当すごいよなー。ピクシブでの同人人気も他キャラと比べてダンチだし……やっぱり男はみんな結局、林檎みたいなキャラに弱いんだよなー」

「そんなに人気なんだ、この林檎ってキャラ……」

「ああ。下手したら今『ユメノ☆サキ』より勢いあるかもなー」

「ふーん……なるほど……」


結局その日は、午前三時までかかって『モテ王』を一話から最新話まで視聴し、俺はアニメの内容やキャラについて二科に解説してやった。

いくら協力し合うと約束しているとはいえ、そんな時間まで付き合ってやった俺ってなんてお人好《ひとよ》しなのだろうか。まあ、好きな作品を人に布教するのって楽しいってのもあるが……。

それにしても、二科の『オタク男子にモテたい』『オタク男子の彼氏が欲《ほ》しい』という欲望への努力の姿勢だけは、見習いたいくらい尊敬に値《あたい》する。その努力の方向さえ間違えなければいいのだが……。

4

翌朝。

スマホから目覚ましの音が鳴っているのが聞こえるが、いつもよりずっと瞼《まぶた》が重い。

そうだ、昨日は二科《にしな》に付き合ってやって、結局寝たの四時近かったもんな……。

ぼーっとする頭で思い返しながら、目を開けられずにいると……。

「ちょっと、いつまで寝てるつもり⁉　早く起きなって！」

「え……？」

何やらツンデレみ溢《あふ》れる声とセリフが聞こえてきて、目を開ける。

そこには、目の前で二科が俺の掛《か》け布団《ぶとん》の上に手をのせ、身を乗り出していた。

「な、なんでお前が俺の部屋に……⁉」

「もう、高校生になってまであたしに起こされなきゃ起きないなんて、もっとしっかりしてよね！」

「え、えー……？」

一緒《いっしょ》に住んでから一度も起こしに来たことなどないのだが、一体どういう風の吹《ふ》き回しだよ？　しかも、いつもと声や喋り方も違くないか？

「朝ゴハンもうできてるから、さっさと着替《きが》えて下りてきてよね！」

「え、あ、ちょっとおい……！」

二科はそう言い残して、俺の部屋から出て行った。


「!?」

着替えてから自室を出てリビングに行くと、俺は更《さら》に驚《おどろ》くべき光景を目にする。

テーブルには、味噌汁《みそしる》、スクランブルエッグ、鮭《さけ》に白いご飯、という美味《おい》しそうな朝食が並んでいた。

朝食は互《たが》いに自分の分を準備するというルールになっているので、俺は今まで毎朝、前日の夕食の残りかコンビニで買ってきたものを適当に食べていたのだが……。

「こ、これ……お前が作ったのか!?」

制服の上にエプロンという姿でキッチンに立っている二科に尋《たず》ねる。

「あんたどうせ、一人だと適当な物しか食べないでしょ？」

「何なんだよ!?　朝は起こしに来るし……いきなり、どういう風の吹き回しなんだよ!?

何か企《たくら》んでるんじゃ……」

ありがたがるを通り越《こ》して、なぜかキレ気味になってしまった。嬉しいとかそういうんじゃなく、何の理由もなしにここまでしてくれるなんて、純粋《じゅんすい》に怖《こわ》い。

「……はぁ～……人がなりきってやってるのに、世界観壊《こわ》してくるなーほんと……」

二科はいつもの声と喋り方に戻《もど》って、大きくため息をついた。

「は……!?」

「だぁーかぁーらぁー、昨日のアニメで、林檎《りんご》がオタク男子に人気だってあんたが言うから、実践《じっせん》してみてるんじゃん！　昨日のユメノ☆サキちゃんの流れからして分かんない!?」

「……っ!?」

そういえば……今日の二科の言動は全て、昨日の明け方まで一緒に観ていた『モテ王』の幼なじみキャラの林檎そのものだった。

「そ、そういうことかよ……」

昨日のユメノ☆サキのなりきりで懲《こ》りたんじゃなかったのかよ……。

「結局オタク男子は幼なじみキャラが好き、ってあんたが言ってたの……なんとなく分かったのよね。私が男だったとしても、林檎みたいに尽くしてくれる子はいいなあって思うし」

随分一生懸命《ずいぶんいっしょうけんめい》観ているると思ったが、こいつなりに学んでいたんだな……。


「お、おう……」

「ほら、早く食べないと遅刻《ちこく》するよ？　じゃ、いただきまーす！」

二科はまた林檎っぽい喋《しゃべ》り方になって、俺に言う。

「あ、ああ……じゃあ、いただきます……」

向かい合わせに座り、戸惑《とまど》いながらも朝食をとる。

「ん、んまい！」

久々にまともな朝食を食べて、思わず感動した。


「あ、それからこれ！」

朝食を終えたタイミングで、二科が冷蔵庫から取り出してきたそれを俺に差し出した。

「べ、弁当……!?」

「栄養考えて作ってあげたんだから、ちゃんと全部食べてよね！」

林檎は、毎日主人公に弁当を作ってくるという設定だ。そこまで忠実に再現してくるなんて……。

「あ、ああ、ありがとう」

戸惑いながらも、二科から弁当を受け取った。親以外に弁当を作ってもらったのなんて、当然初めてだ。

「ほら、もう出れば⁉」

「え、もう……？　いつも出てる時間よりまだ三十分も早いんだけど……」

「私が着替えたりウィッグとって髪形《かみがた》のセットしなきゃいけない時間があるんだから、もう出てよ！」

唐突《とうとつ》に林檎から二科に戻る。

「それ、完全にお前の都合じゃねえか！」

「もう準備できてるんだからいいでしょ！」

半ば無理矢理、家を追い出された。

まさかあいつが、ここまでやるとは思わなかった……。それにしたって、やり方がぶっ飛んでる。

林檎から、オタク男子ウケを学ぶっていうのは分かるが、まさか林檎になりきろうとしてくるなんて……発想が狂気染《きょうきじ》みている。

しかし、相手が二科とはいえ、女の子に起こしてもらえたり、朝ご飯作ってもらえたり、弁当まで作ってもらえるのって……悪くないな。

＊＊＊

自分の席について、鞄《かばん》から教科書やノートを机の中に移動させていると、クラスで一番仲の良い友人である四十崎猛《あいさきたけし》が席までやってきた。

「おはよ、景虎《かげとら》」

「おお、おはよ、あい」

四十崎猛。

クラスで唯一《ゆいいつ》オタクトークができる相手だ。

俺はこいつを、名字の頭文字二文字をとって『あい』と呼んでいる。

あいは一見女子に見えるくらい端整《たんせい》な顔立ちをしており、声も話し方も雰囲気《ふんいき》も男の割に無駄《むだ》に可愛《かわい》らしい。

なのに下の名前が顔に似合わず『猛』とイカついため、『猛』というよりは『あい』っぽいということで、他の友人らからも『あい』と呼ばれている。

「なんかいつも以上に酷《ひど》い顔だね、景虎」

「いつも酷い顔で悪かったな⁉　朝から失礼にも程《ほど》があんだろ！」

「なんか隈《くま》がすごいよ。また遅《おそ》くまでＶＴｕｂｅｒの動画でも見てたの？」

ＶＴｕｂｅｒというのは、『バーチャルＹｏｕＴｕｂｅｒ』の略称《りやくしよう》だ。

あいの中身は俺と同じ……下手したら俺以上のガチオタだ。だけど、オタクをオープンにしていながら、見た目のかわいらしさと物腰《ものごし》の柔《やわ》らかさのせいなのか、俺と違《ちが》って女子の友達も多いという、友人ながら憎《にく》い存在である。

ちなみにあいが物腰が柔らかく優《やさ》しいのは女子に対してだけで、男……というか俺に対しては容赦《ようしや》なく毒ばかり吐《は》いてくるのだが。

「いや、そういうわけじゃねえけど……」

昨日遅くまで眠《ねむ》れなかったのは確かだが、それは二科に付き合ってアニメ『モテ王』を一気見していたからだ。勿論《もちろん》、同棲《どうせい》を隠《かく》している以上、そんなこと言えないが。

「そーなんだ。じゃあまだ、昨日爆誕して、一日でチャンネル登録者数急増中の今一番バズってるバーチャルＹｏｕＴｕｂｅｒ『西園寺《さいおんじ》エミリー』の存在はご存じない？」

あいにスマホの画面を見せられる。そこには金髪《きんぱつ》ロングヘアに碧眼《へきがん》の、スタイル抜群《ばつぐん》の美少女３Ｄモデルの姿があった。

「へー、知らんかった。めちゃくちゃ可愛いな」

「イギリス人とのハーフって設定なんだけど、中の人もバイリンガルで、日本語も英語もペラペラだから、海外のオタクからも注目集めてるみたいで。声も良くて喋りもいいから、中の人は新人声優だろうって言われてるんだよね。『ユメノ☆サキ』と同じ会社だからお金かかってそうでモデルもいいし、動いてるとこ見てもハマると思うよ」

「へえー……ハーフの設定で本当に英語喋れるってとこがポイント高いな。それにしてもお前、ほんと情報早いよな」

今日の夜にでも動画を見てみようと思った。

「今ＶＴｕｂｅｒの勢いすごいから、ネットやってれば嫌《いや》ってほど情報入ってくるよ。あ、あとそーだ。ねえねえ見てこれ、この間のアニメフェスティバルの写真」

「ぶっ⁉」

突如《とつじょ》見せられた画像に思わず噴《ふ》く。

あいのスマホには、人気ソシャゲ『ＦＧＯ』の人気美少女キャラのコスプレをした美少女コスプレイヤーの画像があった。

——否《いな》、美少女、ではない。女装美少年コスプレイヤーだ。これは、あい自身がコスプレした姿なのだ。

「またネットの『アニメフェスティバル２０１８美少女コスプレイヤーまとめ』に載っち

やったよ〜。イベントで僕を撮影《さつえい》した人たちも、僕のこと元々知ってる人以外は女性だって思ってたみたいで、ほんと参ったよね〜」

「お、お前、ほんとよくやるよな……。この衣装《いしょう》、すげえ肌《はだ》の露出度《ろしゅつど》じゃねえか……」

あいは、女装コスプレイヤーである。リアル男の娘《こ》、とでも言うべきなのだろうか。

男の娘と言っても、学校では勿論、休日の私服も男性のものを着ていて、女装するのは女キャラのコスプレのときだけなのだが。

あいのコスプレはクオリティが高く、どう見ても美少女にしか見えないため、ツイッターのフォロワー数も一万人超《ご》えで、軽く有名な『男の娘コスプレイヤー』なのである。

今回あいが着たのは、メインヒロインの戦闘《せんとう》服で、白髪《はくはつ》のボブカットのウィッグをかぶり、二の腕《うで》も腹も太股《ふともも》も出ている肌の露出度の高い衣装だ。

いつも一緒《いっしょ》にいる同性のオタク友達のこんな姿の写真を見せられるというのも、なんとも複雑な気分である。変に似合いすぎていて可愛いもんだから、尚更《なおさら》反応に困る。

「ん？　どうしたの景虎？　もしかして僕のコスプレ姿に見とれてる？」

「ば、バカ言えっ！」

「まあ無理もないよねー。自分でもなんでこんなに可愛くなれちゃうのか不思議だもん。あ、生で見たかったらいつでも一緒にイベントに来ていいんだよ？」

「い、行かねえよ！　一緒に行ったりしたらお前のファンみたいなカメラ小僧《こぞう》のおっさんから恨《うら》み買いそうだしな！　お前、よくツイッターでも変なおっさんに粘着《ねんちゃく》されてんじゃねえか」

ツイッターのＴＬ上で、あいがよくカメラ小僧っぽいおっさんのアカウントにリプで絡《から》まれているのを目撃《もくげき》する。

「えっ景虎、僕のツイッターそんなに頻繁《ひんぱん》に見てるの？　意外だなー、へえー……」

「み、見てねえよ！　ＴＬでたまたま目につくだけだよ！」

「へへっ。ま、変なのは全部無視してるし、悪質っぽいのはブロックしてるから全然大丈夫《だいじょうぶ》だけどね。でも最近ＤＭでも『今度会いませんか？』みたいな出会い厨《ちゅう》っぽいの来るからうざくてさー。同じジャンルのコスプレしてるレイヤーさんからの合わせの誘《さそ》いだったら全然いいんだけどね」

「そ、そーなのか……。人気コスプレイヤーってのも大変なんだな」

しかし……コスプレイヤーだったら、合わせとかでレイヤー同士が出会ったりできるのか……。まあ、コスプレイヤーではない俺には関係ない話だが。

「ち、ちなみにさ……コスプレで恋人《こいびと》できた、とかって話聞いたことある？」

つい気になってしまって、聞いてみた。

「あー、あるね。最近、レイヤー友達の女の子が、合わせがきっかけでレイヤーの彼氏できたって言ってた」

「マジで!? やっぱりあるんだ……」

「何、景虎、レイヤーの女の子と出会いたいがためにコスプレ始める気?」

「バッ……そこまで考えてねえよ!」

コスプレイヤーの女の子との出会いはまあまあ興味あるが、そんなことする行動力ないし、俺がコスプレなんてしたところで誰《だれ》にも相手にされないのは目に見えている。そもそもそれって所謂《いわゆる》出会い厨、って奴《やつ》になるだろうし……。

俺たちがそんなオタク話に花を咲《さ》かせていると、担任が教室にやってきて、朝のホームルームが始まった。

午前の授業が終わり、昼休みが始まる。

「えっ、今日景虎お弁当なの!? 珍《めずら》しー」

「あ、ああ……たまにはな」

俺の席で、あいと昼食をとる。

二科が作ってくれた弁当の、弁当箱を開けると……。

「……！」

びっくりするほど、ちゃんとした弁当だった。

左半分は白い米、右半分は、玉子焼き、ミニトマト、ほうれん草のおひたし、ちくわの磯辺揚《いそべあ》げ……。

「すごい、全部手作りじゃん！　料理やるのは知ってたけど、マメだね～」

「あ、ああ……ま、まあな……！」

確かに、ちゃんとした弁当であることには間違いない。のだが……。

肉が、ない！

おかずになりそうなものがあんまりない！

「景虎？」

「あー……売店で唐揚《からあ》げ買ってくる！」

「えー、わざわざお弁当あるのにー？　まあでも確かに、何か物足りなくはあるよね……」

二科に悪いかなと思いつつも、おかずがなければ白い米が進まない。そう思って、俺は売店へ向かった。

その日の授業が終わり、帰宅する。

「た、ただいま……」

「おかえり」

リビングの扉《とびら》を開けると、既《すで》に帰宅していた二科が制服姿のままソファーでスマホを弄《いじ》っていた。

林檎なりきりはもう終わったようだな……。

「で……なんか感想ないの？」

「え……あ、ああ、弁当？」

「それもだけど……今朝《けさ》の！　あんたが言ってた通り、今オタク男子に人気だっていう林檎を演じたじゃん！　ど、ど、どうだったのよ！　あれでオタク男子は喜ぶわけ⁉」

二科は顔を赤くして、気まずそうに聞いてくる。なんで今照れてんだよ⁉　逆になんで今朝は一瞬《いっしゅん》の迷いもなくやり切れたんだよ⁉

「あ、ああ……そうだな、今回は変な発言も出なかったし、アニメの中の幼なじみって感じで、良かったんじゃねえか？」

俺の言葉に、二科は一瞬にやっと笑った。

「ま、私が本気出せばオタク男子ウケなんてすぐ習得できるっていうか～？」

すぐ調子に乗るなコイツ……。

「あ、あと弁当……サンキューな」

俺は弁当箱を袋《ふくろ》ごと鞄《かばん》から出し、キッチンの流しで洗った。

「あ、うん……どうだった？」

「……！」

二科に尋《たず》ねられる。

「あ、ああ……う、美味《うま》かったよ」

美味かったといえば確かに美味かった。それは嘘《うそ》じゃない。

正直なこと言ったら、こいつ、折角作ってあげたのに！　って激怒《げきど》しそうだよな……。

でも、また今後弁当を作ってくれることがあるなら、直して欲しくはある……。

「でも……肉的なおかずがあったらもっと嬉《うれ》しかったかな……」

なるべく感じ悪くならないよう気をつけて、二科に言う。

「……！　なっ……！　折角作ってあげたのに文句言うわけ⁉」

クッ、やっぱり……。

感想求めてきたのはそっちだろ！

「しかも、栄養考えて野菜とかもちゃんと入れてあげたっていうのに！」

「あー、はいはい、そうだな……」

言い返す気にもなれず、俺はそのまま着替《きが》えるために部屋に行こうとする。

「あ……今週は、毎日私が夕ご飯作るから」

「……えっ？」

二科のセリフに驚《おどろ》いて振《ふ》り返る。

夕飯は交互《こうご》に準備すると決まっていたはずだが……。

「な、なんでまた……？」

「あんたが昨日言ってたんじゃん、女子に料理してもらえるのは男子にとって嬉しい、って。林檎も、料理作ってるシーン多かったし。これから彼氏できるまでに、料理上手になっておきたいかなって」

「……！　そ、そうか。分かった。じゃあ俺は洗い物やるってことでいいのか？」

「うん」

それから二科は買い物へと出かけ、俺は自室でスマホを弄っていた。

午後七時頃《ごろ》になり、リビングから「ご飯できたよー」という二科の声が聞こえてくる。

「……！　おお……」

その日の夕食は、目玉焼きの載《の》ったハンバーグと味噌汁《みそしる》だった。

「うまそー！」

席について、なんとなく思う。

「もしかしてこれって……今日俺がおかずは肉がいい、って言ったから……？」

「……っ！　べ、別に……それだけじゃないけどっ……！　でも……男子の好みが、お肉の入ってるおかずって言うなら……そういう方を美味《お》しく作れるようになりたいし」

こいつ、さっきはあんなに文句言ってたのに……。

「じゃ、いただきまーす」

「いただきます！　……美味い！」

大袈裟《おおげさ》でなく、めちゃくちゃ美味かった。ファミレスで食べたり外で買ってきたりするハンバーグとは、まるで出来が違《ちが》う。

腹が減っていたのもあり、勢いよく食べ尽《つ》くした。

「ふ、ふーん、そう……そんなに美味しい？」

「ああ、めちゃくちゃうめえよ！」

二科はそんな俺の様子をなぜかじっと見ていた。

食事を終えて、俺が食器を洗っている間、二科はリビングでスマホを弄っていた。

俺が食器洗いを終えると。

「最近さ、色々勉強できてるから、そろそろ出会いの場探してもいいかなって思って、調べてるんだけど……ぶっちゃけ、ないんだよね」

二科にスマホを見せられる。そこには、オタクのための街コンのサイトがあった。

「え、ない……？」

「こういうオタクの街コンとか出会いパーティーみたいなのはたくさんあるんだけど、高校生参加可能なやつが全然ないのっ！」

「ああ……そういうことか。確かに、高校生参加可能なパーティーって滅多《めった》にないよな」

二科と俺が知り合ったパーティーも、かなりレアだった。俺はずっとオタクの彼女が欲《ほ》しかったので、半年くらい前からずっとそういう出会いの場を探し続けていたが、全然見つからず、やっとあったのがあのパーティーだったのだ。

大体のそういうイベントは、参加可能年齢《ねんれい》が二十歳《はたち》以上か、まれにあったとしても十八歳以上なのだ。

「せっかく順調に勉強できてるのに、オタク男子と出会える場がないんじゃあ意味ないし……」

二科はため息をついた。

「こうなってくると、やっぱり周りの友達がやってるみたいに、この際紹介《しょうかい》とか合コンが手っ取り早いと思うんだけど……あんたって本当にオタクの男友達いないの？」

「前にも言ったけど、お前好みのオタク男子はいねえよ。唯一《ゆいいつ》オフで仲いいオタクは同じクラスの四十崎って奴だけだし……」

「なんだ、いるんじゃん！　どんな人!?」

「えーっと、お前より少し背が高いくらいの、可愛《かわい》い系」

「可愛い系、かー……私、ショタコンの気質はないんだよね……」

あからさまにガッカリする二科。こいつ、まだ俺の友達を当てにしてやがったのか……。

「お前こそ、いないのかよ。オタクの女友達」

「いないって言ってんじゃん！　ツイッターで繋《つな》がってる子は、オタクの女友達ではあるけど、ツイッター上でのやり取りだけで一回も会ったことないし……」

やはり、二科の女友達は全く期待できないか……。

「そういや、そのクラスの男友達の四十崎って奴だけど……お前と同じコスプレイヤーなんだよな。あいつの方が本格的に活動してるけど。美少女コスプレばっかりやってて、軽く人気みたいで」

「えっ、すごーい！　人気男の娘《こ》レイヤーなんだ⁉」

二科とあいで人気キャラのコスプレ合わせでもしたら、ものすごい人気が出そうだな、なんてなんとなく思った。

「で、そいつが言ってたんだけど……レイヤーの女友達が、コスプレの合わせがきっかけでレイヤーの彼氏ができたんだと」

「マ……マジでっ⁉」

突然《とつぜん》興奮気味に大声を出して立ち上がる二科。

「そっか、その手があったか……！　コスプレイヤーとしてツイッターアカウント作って、人気男性コスプレイヤーさんを合わせに誘《さそ》ったら、ワンチャンある⁉　せっかく男子人気あるコスプレも持ってるわけだし！」

「人気男性コスプレイヤー……？」

「うん！　男性でめっちゃクオリティ高くてかっこいい、好きなレイヤーさんがいて！　私の好きなキャラのコスプレしててめっちゃ本物っぽくて！　フォロワー数も二万人くらいいる人気レイヤーで、もう一年くらいファンなんだけどー……」

わざわざ出会いのために、コスプレイヤーとしてアカウント作って、憧《あこが》れの男性コスプレイヤーに合わせの誘いをする、って……イケメンコスプレイヤーと出会うためにそこまですんのかよ。

貪欲《どんよく》すぎんだろ。いや、俺も見習わなければならないのだろうが……。

「お前って、ツイッターやってんだよな？　コスプレ画像載せてないのか？」

「数枚載せてるけど、フォロワーさん少ないし、鍵垢《かぎあか》なんだよね。ネットで知り合った女の子のオタク友達としか繋がってないから。だから新しくレイヤーとしてのアカウント作んなきゃ」

「なんでまた、鍵垢？」

鍵垢とは、アカウントに鍵を付けている状態のことで、フォロワー以外からは何も見えない。

「だって学校の友達にも親にもオタクだってバレたらやばいから！　コスプレの自撮《じど》り載せてるから一発で私だって分かるし！」

そうか、こいつって隠《かく》れオタクだった。

「じゃあ、どっちにしろコスプレのアカウント作るとか無理じゃね？　鍵つけない限り顔バレするじゃん。鍵つけたらフォロワー外と絡《から》むなんて無理だし……」

「いや……鍵なしでコスプレのアカウント作っても、身内には私だってバレないようにすればいける！」

「どうやんだよ？」

「要は、コスプレ写真を見ても私だって分からないようにすればいいわけじゃん？　タダでさえウィッグとメイクとカラコンでまあ変わってるから、そこから加工アプリで私だって分からないくらい加工すれば……オタバレ回避《かいひ》可能っしょ！」

「え……アプリでそんなに加工できんのか……？」

「余裕《よゆう》！　今の加工アプリめっちゃ簡単で有能だから！　そうと決まったらー、早速《さっそく》今日から自撮りして加工して、新しくツイッターアカウント取って画像上げまくんなきゃ！何着か衣装《いしょう》はあるしー……あっ、全身も撮りたいから、あんたも協力してくれない⁉」

こいつの出会いに対しての行動力には圧倒《あっとう》される。俺も、ここまで必死になるべきだろうとは思うのだが……。

「撮るのは別にいいけど……お前は方向性決まったとして、俺はどうすりゃいいんだよ」

今回の作戦は、完全に二科単独だ。

「あー、あんたもコスプレしたら？　男性コスプレイヤーって少ないから、クオリティ高いイケメンコスプレイヤーになれたらレイヤーのオタク女子にモテまくりだって！」

「……それは俺の顔面を見た上での発言で間違いないのか？」

「……！　……」

二科は俺の言葉に、俺の顔を見た後、気まずそうにすぐに目を逸《そ》らした。

なんだよそのあからさまな反応はっ⁉　俺相手だったら何しても傷つかないと思ったら大間違いだからな⁉

それから二科は、早速自室に閉じこもってコスプレの準備を始めたようだ。

数十分後。

「……！」

「どう⁉　『冴《さ》えない彼女《ヒロイン》の育てかた』の加藤恵《かとうめぐみ》！」

部屋から出てきた二科を見て、思わず息をのむ。

アニメ化もした人気ライトノベル『冴えない彼女の育てかた』のメインヒロインである、『加藤恵』のコスプレをしていた。

清楚《せいそ》な白いワンピースに赤いカーディガンを羽織り、深い茶色のボブカットのウィッグを着け、その上にベレー帽《ぼう》をかぶっている。

好きなキャラクターだったため、二次元から出てきたかのような二科の姿に内心めちゃくちゃテンションが上がってしまう。

昨日のユメノ☆サキコスプレのような、いかにも二次元という感じの格好も良かったが、加藤恵のような清楚なコスプレもすごく似合う、と思った。

「お前、男性人気がある作品は詳《くわ》しくなかったんじゃ……？」

「『冴えカノ』はたまたま深夜にやってたアニメ見てからハマって、特に恵が好きでコスプレ衣装まで買っちゃったんだよね～！　じゃ、早速写真撮ってくんない？」

「あ、ああ……」

「場所はー、うーん、どうしよっかなー。この辺だったら背景に壁《かべ》しか写らないから、ここで撮って！」

ソファーに座り、背景に壁しか写らない位置で、二科は俺にスマホを渡《わた》す。二科のスマホでは『ＳＮＯＷ』という見覚えのないカメラアプリが起動していた。ただでさえ美少女の二科が、このアプリだとさらに盛れている。

「ちゃんと可愛く撮ってよ!?　途中《とちゅう》でちょいちょい確認《かくにん》するから！」

それが人に物を頼《たの》む態度かよ、と思いつつ。

「じゃ、撮るぞ」

撮影《さつえい》を始める。普通《ふつう》に考えたら、好きなジャンルのこんなに可愛いコスプレイヤーを一対一で撮影できるって、オタクにとってかなりご褒美《ほうび》だよな……。

少し緊張《きんちょう》して、手が震《ふる》えてしまいそうになるのを必死で堪《こら》えた。手が震えたら、カメラがブレてしまう。

二科が一枚撮るごとに少しずつポーズを変える。

「んー、既《すで》にポーズ尽きてきたなー……」

二科が普通に座っていた状態から体勢を変えて、前屈《まえかが》みになってテーブルの上に肘《ひじ》をついた。

前屈みになったことで、ただでさえまあまあ開いていた胸元《むなもと》が更《さら》に開いて、白い胸元が大きく見えてしまう。下着が見えてもおかしくないというくらいに……。

うおお、これはやばい、やばいぞ……。注意すべきか？　と思ったが、そんなことできる度胸は俺にない。どこ見てんだよキモい、とか言われそうだし……。

二科って、服の上からじゃ分からなかったが、まあまあ胸あるんだな……。

「じゃ、今度は床《ゆか》に座るから」

「あ、ああ」

二科は床にペタンと座ってポーズをとった。撮影を再開する。

それにしても……スカート、かなり短いな。スカートとニーソの間の絶対領域が眩《まぶ》しい。

……スカートの下にスパッツとかは穿《は》いているのだろうか？

いや、何考えてんだ俺。そんなこと考えながら撮ってるってバレたら、間違いなく怒《おこ》られる。無心で撮らなければ……。

「んー、ポーズいっぱい変えんのって結構大変だな……」

しかし、二科が座り方を変えたり足の角度を変える度《たび》に、スカートの中が見えそうになってしまい、最早《もはや》気が気じゃない。

あんなに上の方まで太股《ふともも》が見えているのにスパッツらしきものが見えないということは、もしや、スパッツとか穿いてないのか……？

二科が次のポーズ……体育座りをしようとして膝《ひざ》を立てる。うおお、そんなことしたら完全にパンツが……！

「あっ……！」

次の瞬間《しゅんかん》、すぐに二科は膝を下ろしてスカートを押さえた。

「ちょ、ちょっ……み、見てない……よね⁉」

二科は顔を真っ赤にして慌《あわ》てた様子で俺に聞く。

ってことは、やっぱりこいつ、下はパンツなのか……⁉

「……っ！　み、み、見てないって！」

俺は慌てて首を左右に振《ふ》って答えた。

「ちょっと今までに撮った写真見せて！」

二科にスマホをふんだくられる。撮ってもらった相手に対する態度かよ……！　と思ったが、言わないでおいた。

「……、うわっ……超《ちょう》写り悪い！　最悪！　もっと設定明るくするとか場所移動するとか色々あるじゃん！」

「え⁉　どこが写り悪いっていうんだよ！　めっちゃ綺麗《きれい》に撮れてんじゃねえか！」

「これなら自撮りの方が全然上手《うま》く撮れてるし！　……っていうかちょ、これ……胸見えそうじゃん！　こういうのちゃんと注意してよ！」

さっきの写真に気付いて、二科は顔を真っ赤にさせて怒り始めた。

「え、いや、だ、だって……」

「ギ、ギリギリ見えてない、けど……なんで言ってくんないの⁉」

二科は見たことないくらい顔が赤い。怒っているのもあるだろうが、それ以上に恥《は》ずかしがっているようだ。

「お、お前が勝手にそういうポーズとったんだろ！　俺はそんなもん撮ろうとなんかしてねえし！」

「あーもー最悪！　あんたなんかに頼んだ私がバカだった！」

「人に撮ってもらっておいてその言いぐさかよ⁉」

「もう頼まないから安心してよね！」

二科は捨て台詞《ぜりふ》を吐《は》くと、そのまま自室へ駆《か》け上がっていった。

くそっ、やっぱりどこまでも自己中心的な女だ。


しかし……家でコスプレした写真をツイッターに上げて、そんな簡単にイケメンレイヤーと出会えるもんなのだろうか。

ああ、俺も良い顔の作りに生まれていれば、イケメンコスプレイヤーとして美少女コスプレイヤーからモテまくっていたかもしれない。いや、そもそも良い顔に生まれていれば、それ以前にモテモテになれて彼女できてんだろ、無駄《むだ》な妄想《もうそう》はやめよう……。


「できた！　めっちゃ可愛《かわい》く加工できたわ！」

数十分後。

二科が自室からリビングに戻《もど》ってきて、俺にスマホ画面を見せつけてきた。

こいつ、さっき怒ってたのもう忘れてんのかよ。なんて単純な奴《やつ》なんだ。

二科のスマホ画面に目を向けると……。

「うわ……」

確かに、二科とは分からないくらいの顔になっていた。

元々見た目だけは完璧《かんぺき》な美少女なのに、それをさらに弄《いじ》りまくっている。

目はさらに大きくされ、瞳《ひとみ》には不自然なハイライトが入れられている。睫毛《まつげ》も加工でバシバシになっており、髪《かみ》も不自然なくらい艶々《つやつや》になっていた。

確かに美少女ではあるが、まるでCGのようだ。

「どう!?　超絶《ちようぜつ》可愛くない!?」

「不自然すぎるな。人間味がない……」

「でも、私だとは分かんないでしょ？」

「まあ、確かにそうだけど……」

「よーし、早速ツイッターアカウント作って、今日から写真載《の》せまくるわ！　そんでもって、ゆくゆくは、憧《あこが》れのイケメンコスプレイヤー『ばんび』さんと合わせ……！」

二科は目を輝《かがや》かせて決意表明した。

そんな二科を、俺はただ傍観《ぼうかん》する。

ここまで出会い厨極《ちゆうきわ》めていると、むしろ清々《すがすが》しい。

二科と違《ちが》って容姿に恵《めぐ》まれていない俺は、地道に、コスプレという道以外でのオタクの出会いの場を探すしかない……。

＊＊＊

一週間後。

「見て見て一ヶ谷《いちがや》っ！　ついにフォロワー千人突破《とっぱ》！　すごくない⁉」

夕食後、二科にツイッターのトップ画面を見せられる。

「コスプレ動画とかも上げてたらイイネめっちゃもらえるようになってー！」

「へ、へえ……すげえな」

「今度合わせしましょう～って言ってくれるレイヤーさんもいて！　ほら、人気バーチャルＹｏｕＴｕｂｅｒ『アイト　ユウキ』ちゃんのコスプレイヤーさんなんだけど、めっちゃ可愛くない⁉　私がサキちゃんのコスプレして、バーチャルＹｏｕＴｕｂｅｒ合わせすんの！」

『アイト　ユウキ』とは、ボーイッシュ系の美少女バーチャルＹｏｕＴｕｂｅｒであり、『ユメノ☆サキ』の次に人気がある。確か、あいもコスプレしてたな。

バーチャルＹｏｕＴｕｂｅｒ合わせか。それはとても楽しそうだし、見てみたくもあるが……。

「なんか順調にコスプレイヤーの道を突《つ》き進んでる感じ⁉　やりたいコスプレもたくさんあるし、まだ宅コスしかしたことないから、今度イベントに行ってみたいのよねー！　会ってみたいフォロワーさんもいるし！　ねえ、カメラマンとしてついてきてくんない⁉　一人でイベント行くのってハードル高くてさー」

「あのさ、二科……それで、本来の目的の方はどうなんだ？」

「え？　本来の目的……？」

二科は心底不思議そうな顔で聞き返す。

まさかこいつ……忘れてやがるのかっ⁉

「お前そもそも、憧れの男性レイヤーと繫《つな》がるためにコスプレアカウント作ったんだろ⁉」

「……っ！」

二科は俺の言葉に、暗い表情になる。

「……も、勿論《もちろん》覚えてるわよっ！　でも……憧れのイケメンコスプレイヤー『ｂａｍｂｉ』さんフォローしてみたんだけど、フォロバされないし……レイヤー仲間多いみたいで身内でめっちゃ絡《から》んでるし、信者も多くて……ぶっちゃけ、めっちゃ絡みにくいのよっ！　知り合いでもなんでもない新参者のレイヤーが合わせになんて誘《さそ》ったら、めっちゃ叩《たた》かれそうだし、本人に断られたり無視されたら立ち直れないほど凹《へこ》みそうだし……」

「え……それじゃ、コスプレアカウント作った意味なくね……？」

「そ、そそ、そんなことないわよっ！　コスプレの楽しさを知れたし！　女の子のレイヤー友達も作れたしっ！」

二科は自分自身に言い聞かせるかのように強い口調で言い切る。

「当初の目的完全にどっかいったな……」

「……っ！　う、う、うるさいうるさいうるさーいっ！　い、いいのっ！　これからも趣《しゅ》味《み》としてコスプレを楽しんでやるんだからーっっ！」

二科は俺の突っ込みに、ヤケクソ気味に涙目《なみだめ》で叫《さけ》んだ。

やはり、コスプレで恋人《こいびと》を作るなんて、無謀《むぼう》だったんだ……。

ここ最近の二科の努力を思うと、さすがに少し不憫《ふびん》である。

5

数日後、学校での昼休み。

学生鞄《かばん》から、弁当を取り出す。これは今朝《けさ》、二科《にしな》から渡《わた》されたものだ。前にダメだししてから、弁当を作ってくれなくなったのだが、今日久し振《ぶ》りに作ってくれたらしい。

弁当箱を開けると、そこには野菜の豚肉《ぶたにく》巻き、シューマイ、ウインナー、ブロッコリーが入っていた。

肉のおかず多めで、めちゃくちゃ美味《うま》そうじゃねえか！

「なんか最近、お弁当変わってきたね。ヘルシー志向からガッツリ系に」

「あ、ああ、まあな！」

弁当について感想を言ったとき、二科は激怒《げきど》していたが、なんだかんだ言って『肉料理は男子ウケする』ということを学んでくれたのだろうか……。

夕飯作ってくれるようになったことも含《ふく》め、文句言いつつも、案外素直《すなお》に受け入れて実《じつ》践《せん》してくれるんだよなあ、あいつ。

＊＊＊

『ハーイ！　バーチャルＹｏｕＴｕｂｅｒの西園寺《さいおんじ》エミリーです。今日はこちらのゲームの実況《じっきょう》をしていきたいと思いまーす！』

その日の夜。

俺はいつも通り自室のパソコンでバーチャルＹｏｕＴｕｂｅｒの動画を見ていた。

現在ちゃんと追っているＶＴｕｂｅｒは十人ちょっとで、寝《ね》る前に更新《こうしん》された動画をチェックするのが日課になっている。

先日あいに教えてもらった、新人バーチャルＹｏｕＴｕｂｅｒの西園寺エミリーが、今俺の中で一番アツい。

高身長にスタイル抜群《ばつぐん》の金髪碧眼《きんぱつへきがん》で、イギリス人とのハーフという設定だ。中の人もバイリンガルで、ネイティブな英語のおかげで外国人オタクの視聴者《しちょうしゃ》もガッツリ摑《つか》んでいる。

しかし、彼女の魅力《みりょく》はそれだけではない。彼女は日本のオタク文化が大好きという設定であり、特に百合《ゆり》や女の子同士の友情をテーマにした作品が大好きらしい。

今見ている配信では、エミリーは人気のあるアイドルゲームを実況しているのだが、百合好きが垣間見《かいまみ》られる発言をしている。

「ケイちゃんのツンデレムーブキマシタわーっ！　尊みが深い……ハアハア、これ、絶対内心茜《あかね》のこと心配してるヤツですよねっ⁉」

企業《きぎょう》が運営しているバーチャルＹｏｕＴｕｂｅｒは、基本的に用意された台本の通りに進行することが多いらしいが、彼女のこの興奮っぷりを観《み》ると、台本などではなく本当に中の人も百合好きなんじゃないだろうか、と思ってしまう。

ハーフの美少女なのに百合が好きなんて、まったくもってけしからん。オタク男のツボに来る。

「キャーーーーッ！　あ～～っ死ぬ！　今のセリフ聞かれましたっ⁉　ケイ様ほんと素敵《すてき》すぎるっ！」

彼女は特に、『深沼《ふかぬま》ケイ』というカッコイイ系の女子アイドルキャラにご執心《しゅうしん》なようで、そのキャラが登場する度《たび》に毎回絶叫《ぜっきょう》して萌《も》えている。

画面下のコメント欄《らん》には、『鼓膜《こまく》死んだ』『視聴者の鼓膜を壊《こわ》しにかかる系バーチャルＹｏｕＴｕｂｅｒ』『ガチ百合勢で好感が持てる』などの文が並んでいた。

「こんな女の子、現実に存在したらなあ……」

絶対に起こりえないと分かっていつつ、呟《つぶや》いた。バーチャルの世界だから、こんな理想的な女の子と近い距離《きょり》で接することができていると錯覚《さっかく》してしまうが、現実にはこんな子滅多《めった》にいないだろう。

エミリーの声優は、一体どんな女の子なのだろうか。バイリンガルで、声も美しく、百合が好き……。

基本的にバーチャルＹｏｕＴｕｂｅｒの中の人は非公開であることが多く、エミリーもそうなのだが、どうしても気になってしまって仕方がない。

翌日。

「あんた、あれからちゃんと出会いの場調べたり探したりしてる？」

二科が作ってくれた朝食を食べながら、二科に聞かれる。

「一応調べてるけど……相変わらず、高校生参加可能のやつが全然見つからねえな。お前、コスプレのツイッターでの出会いはもう完全に諦《あきら》めたんか？」

「……っ、あんなもんで出会うなんて、マジで都市伝説だから……！　あ、今日あんたが放課後暇《ひま》だったら、食堂で作戦会議するから」

「え……？　なんでわざわざ食堂？　家でよくね？」

食堂なんかでそんな話したら、聞かれる危険性もあるのではないだろうか。

「学校の近くのネイルサロンでネイルの予約しちゃって、二時間くらい学校で時間潰《つぶ》さないといけなくて……」

「お前の予定に付き合わされるだけかよ⁉」

「家で話すか学校で話すかの違いなんだから、別にいいでしょ、そんくらい」

「まあいいけど……」


その日の放課後。

俺は二科と共に、食堂でお菓子《かし》を食べながら懸命《けんめい》にスマホで出会いの場を探した。

「相変わらず、全然ないわね……高校生参加可能の、オタクの出会いの場」

今食堂には周りに誰《だれ》もいないので、二科も安心してオタク的な話をしている。

「そうだな……相変わらず飲み会系ばっかりだ」

そこに、二人の女子生徒が俺たちの近くを通りかかった。

二人とも見覚えがないので違《ちが》う学年だろうか。スカートが短く、派手系の女子であることには間違いないのだが……そのうちの一人に、俺は釘付《くぎづ》けになってしまった。

綺麗《きれい》な金髪《きんぱつ》のロングヘアだった。顔立ちも、純粋《じゅんすい》な日本人ではなさそうで、とんでもない美人だ。

身長は少し高めで、透《す》き通ったように肌《はだ》の色が白い。胸は大きくウエストは細く、めちゃくちゃ足が長い。モデルのようにスタイル抜群だ。

「が、外国人……？」

彼女たちが通り過ぎた後、俺は思わず聞こえないくらいの声で呟いた。

「あんた知らないの？　一年生の三波《みなみ》さん。有名人じゃん」

「えっ、マジで⁉　初めて見た」

「嘘《うそ》でしょ⁉　どんだけ目ぇ節穴なの⁉」

「えっと、外国人……なのか？」

「イギリス人とのハーフ。詳《くわ》しくは知らないけど、なんか芸能事務所に入ってるって噂《うわさ》あるよ。あんだけ綺麗でスタイル抜群だったら、モデルとかやってそうだもんね」

「確かに……」

あのビジュアルでモデルをやっているなら、納得《なっとく》だ。

クールなイメージだし、美人過ぎて近寄りがたい雰囲気《ふんいき》がある。

「……！」

そんな会話をしていたところ、なんと、再び三波さんという生徒と、友人らしき生徒が食堂に戻《もど》ってきた。

手にビニール袋《ぶくろ》を持っているので、コンビニか購買《こうばい》かどこかで何か食べ物を買って戻ってきたのだろう。

俺たちから少し離《はな》れた席に座り、話し始める。

「あー、マジでだるい」

もう一人の生徒が話す声が聞こえてくる。食堂には俺たちしかいないので、互《たが》いの声が丸聞こえだ。

「やば、食堂でもうオタク関係の会話できなくなっちゃった……」

二科が俺にしか聞こえないくらいの小声で言う。

「学年が違う生徒にもオタバレしたくないのか？」

俺も小声で返した。

「当たり前じゃん！　噂広まるかもしんないし……」

「エレナ、最近も事務所の仕事忙《いそが》しいの？」

二人の会話が聞こえてきて、つい気になってしまう。

「あ、うん……今週も何回か事務所行かなきゃいけなくて」

「そーなんだ。ねー、テレビとか出たりしないの？　それか雑誌とかー」

「ご、ごめん……守秘義務が厳しいから、まだ何も言えないんだよね」

ん……？　ちょ、ちょっと待てよ。この声、どこかで聞いた覚えが……。

透明感《とうめい》があって、すごく綺麗だけど、少し癖《くせ》のあるこの声……それに、喋《しゃべ》り方も……。

「また守秘義務かー。芸能界ってマジでそういうの厳しいんだね。女優の仕事かモデルの仕事かくらい教えてくれたってよくなーい？」

「……い、一応、女優、かな……。でも、みんなの目につくようなメジャーな仕事じゃないから、聞いても分かんないと思うよ」

「そーなんだー。でも、そのうちエレナをテレビで見られる日もくんだよね？」

「そ、それはどうかな……あっ事務所から電話だ！　ごめん、出てくるね！」

三波という女子生徒が、スマホを持って立ち上がる。

そのまま三波さんは、スマホを手に俺たちのテーブル脇《わき》を横切った。

「……っ!?」

三波さんの声がどうしても気になって、目で追ってしまったそのとき。

彼女のスマホ画面が一瞬《いっしゅん》、目に入った。

『着信中：アップロード』

彼女のスマホには、そう表示されていた。

その文字を見て、俺の中で疑惑《ぎわく》は確信へと変わる。

思わず立ち上がって、三波さんの後を追った。

「ちょっ、一ヶ谷《いちがや》⁉」


「お疲《つか》れ様です。え、明日ですか？　えっと、十八時からなら大丈夫《だいじょうぶ》です。はい、じゃあその時間に事務所行きます。あ、今ですか？　学校ですけど、周りに誰もいないから大丈夫……」

追いかけた先の廊下《ろうか》で、三波さんは電話していた。

盗《ぬす》み聞きなんてするつもりなかったので、まずい、と思い立ちすくむ。

そこまで話して、三波さんは俺の姿に気付いて固まった。

「……あ……いえ、何でもありません。大丈夫です。それじゃあ、失礼します」

電話を終えた三波さんは気まずそうに俺を見た。

「あっ、す、すみません、盗み聞きするつもりなかったんですけど……」

慌《あわ》てて弁明する。

「あ、いえ……」

三波さんはぺこりと会釈《えしやく》して、立ち去りそうになる。

俺にはどうしても聞きたいことがあって、初対面だというのについ彼女を追いかけてしまった。

だが今この状況《じようきよう》で俺が聞こうとしていることは、聞いていいものかどうか分からない踏《ふ》み込んだ質問で、こうして間近で対面すると躊躇《ためら》ってしまう。

だけど、今を逃《のが》したらもう二度とチャンスはないかもしれない。

「あ、あのっ……！」

俺の声に、彼女は不思議そうに俺を見た。

「えっと、その……もっ、もし間違ってたら申し訳ないんですけどっ……『西園寺エミリ』の中の人じゃないですかっ⁉」

勇気を振《ふ》り絞《しぼ》って、声に出した。

この三波さんという人の声は、俺の好きなバーチャルＹｏｕＴｕｂｅｒ、西園寺エミリーに酷似《こくじ》していたのだ。

普通《ふつう》の人だったら分からなかったかもしれないが、元々声優やバーチャルＹｏｕＴｕｂｅｒが好きだった上に、彼女のファンであり一回の配信を何回も繰《く》り返し聞いている俺程《ほど》のファンの耳には、すぐに分かった。

所謂《いわゆる》『萌え声』なバーチャルYouTuberが多い中、彼女は少し違って、綺麗な声だけど特徴《とくちょう》的な、不思議な魅力《みりょく》のある声だ。

配信のときと今とでは声の出し方が違うようだが、元の声が同じであるということは分かる。

そして、疑惑が確信に変わったのは、スマホに表示されていた電話の発信元である『アップロード』の文字。それは、西園寺エミリーが所属している業界最大手のバーチャルYouTuber事務所の名前である。

「……っ!?」

俺の言葉に、三波さんは酷《ひど》く驚《おどろ》いた様子で口を押さえた。

やっぱりこの反応、間違いない！

「ちょっとこっち……来て下さい！」

突然《とつぜん》三波さんに手を引っ張られ、三波さんは早足で歩き出す。

化学準備室へと入り、三波さんは念を入れてか鍵《かぎ》までかけた。

なんだこれ、女の子とこんな密室に鍵かけて二人きりって、これなんてエロ同人……

「あのっ……お願いします！　そのこと、絶対誰にも言わないで下さい！　それから、ネット上とかにも絶対呟《つぶや》かないで下さい！」

俺が阿呆《あほう》なことを考えかけたそのとき、三波さんは勢いよく俺に頭を下げた。

やはり、本人だったのか。

いや、それよりも……。

「え、あ、そんな、頭下げないでも、俺誰にも言いふらしたりしないし……」

「守秘義務があって、中の人がわたしだって、絶対誰にも言っちゃいけなくて、事務所と契約書《けいやくしょ》交わしてて……。今のところネット上でも誰にも、素性《すじょう》も声優名もバレてなかったのに、まさか学校でバレるなんて……！」

「守秘義務って、そんなに厳しいんだ……？」

「……わたしが自らバラしたら、事務所解雇《かいこ》になるか、賠償金《ばいしょうきん》問題になるか……。今回みたいにバラしたわけじゃなくバレたって場合も、どうなるか分かんなくて……」

「そ、そっか……。うん、絶対誰にも言わないし、ネット上にも絶対書き込まないから！」

三波さんの必死な様子に、俺はそう言った。

「ありがとうございます……。それにしても……どうして分かったんですか？」

「俺、『西園寺エミリー』の動画何回も見てるから、声聴《き》いた瞬間すぐ分かったよ」

「……！　わ、わたしの動画を、何回も……!?」

「ああ。めちゃくちゃ面白《おもしろ》いよ！　中の人どんな人なんだろうって思ってたけど、まさか同じ学校だったなんて……！」

「…………」

「えっと、噂で聞いたんだけど、三波さんってイギリス人とのハーフなんだね？　中の人、なんであんなに日本語も英語もペラペラなんだろうって思ってたけど、本人もハーフだったからなんだ!?　まだ活動始めてからそんなに経《た》ってないのに、この間チャンネル登録者数三十万突破《とっぱ》したよね!?　キャラのモデルも可愛《かわい》いけど、中の人の喋りもめちゃくちゃ面白くてさ！」

目の前に『西園寺エミリー』がいると思ったら、つい早口で語りまくってしまった。

三波さんは俯《うつむ》いて口を押さえている。

や、やばい。喋りすぎて引かれたか……？

初対面でこんなに語ってしまうなんて、気持ち悪がられた？

「あ、ありがとう……ございます」

三波さんはやっと俺の顔を見たと思ったら、真っ赤な顔で礼を言った。

もしかして……俺の言葉に、照れていたのか？

「その……顔、見覚えないので、多分先輩《せんぱい》、ですよね……？」

「あっ俺は、二年の一ヶ谷！」

「二年生……。わたしは、一年B組の三波依怜菜《えれな》ウィリアムスです」

『西園寺エミリー』の中の人と、こうして知り合えるだなんて……夢のようだ。

「あの動画……好きなことしていいって事務所に言われたから、好きなゲームして、好きなこと語っちゃって……面白いって言ってくれる視聴者《しちょうしゃ》さんもいるけど、あまりのガチオタっぷりに見た目のイメージが崩《くず》れたとか、そういう意見ももらってたので……そう言ってもらえると、すごく嬉《うれ》しい、です。視聴者さんに直接褒《ほ》めてもらったのってこれが初めてだから、なんか、その……感動しました」

三波さんは恥《は》ずかしそうに俺から視線を逸《そ》らしつつ、そう言ってくれた。

三波さんの言葉に、俺の方がめちゃくちゃ嬉しくなる。

俺なんかの感想で、感動してくれたなんて……。

「いや、そういう意見は気にしない方がいいって！　あんだけ人気があったら否定的な意見があるのも当たり前だし！　じゃああれって、アドリブだったんだね」

「ある程度進行表はありますけど、アドリブが多いですね」

「ってことは、その……ほ、本当に百合《ゆり》が好きなの？」

聞いていいのか分からなかったが、好奇心《こうきしん》が抑《おさ》えられなかった。

「……変、ですよね」

三波さんは真っ赤な顔のまま、俺から視線を逸らして尋《たず》ねた。

「女なのに、百合好きなんて……。とてもじゃないけど、友達には言えなくて……。友達、オタクじゃない子ばっかりで、百合好きとか、こういう活動とか、バレたら絶対引かれそうで……」

二科もだが、三波さんも、どっからどう見ても、モデルでもやってそうなリア充美女《じゅう》だもんな。見た目だけじゃ、とてもじゃないがオタクだなんて信じられない。

「変なんかじゃないって！　百合って女子にも人気あるジャンルだってよく聞くし！」

俺が三波さんに訴《うった》えかけようとしたそのとき。

「ちょっと一ヶ谷〜⁉　こっから声するけど、ここにいんのー⁉　いきなりどっか行くとか何考えてんのよーっ⁉」

二科の声と共に、化学準備室の扉《とびら》がドンドン叩《たた》かれた。

やべえ！　二科を食堂に置いてきたこと、すっかり忘れてた！

「あー悪い！　三波さん、ここ開けていい？」

「あ、はい……」

三波さんに許可を取ってから、俺は鍵を開け、扉を開けた。

「あっ一ヶ谷！　あんたこんなところで一体何して……」

二科は俺の姿を見て怒《いか》りかけたところで、隣《となり》にいる三波さんを見て言葉を失った。

「……えっ……な、なんで三波さんが……？　え、え!?　なんで一ヶ谷と三波さんが、化学準備室に鍵かけてその中に……!?　ふ、二人っきりで一体、中で何してっ……!?」

二科は非常に驚いた様子で俺と三波さんの顔を交互《こうご》に見る。

「あ、いや、別に何も……単に話してただけで……」

「単に話してただけって……こんなところで!?　鍵までかけて!?」

「はい、本当に話してただけなんです」

二人で弁明するも、二科は信じられないという様子だ。場所が場所だからな……。

「あ……！　も、もしかして、オタク的な話だからこんなところでコソコソ話してたの？」

「え……？」

「いや、百合がどうのこうのって聞こえたから……。三波さんが、百合が好きだとかって……ごめん。盗《ぬす》み聞きするつもりはなかったんだけど」

「！　えっと……聞こえたのって、そこだけですか……？」

三波さんが心配そうに二科に尋ねる。どうやら、バーチャルＹｏｕＴｕｂｅｒ関連のことが二科に聞かれたかを気にしているみたいだな。

「え？　うん」

二科はどうやら、三波さんがバーチャルＹｏｕＴｕｂｅｒの中の人だという話は聞いていなかったようだな。

「あの……そう、なんです。わたし、学校でオタクだってこと隠《かく》していて……だから、先輩にこんなところにまで来てもらって、密室で話してまして……」

三波さんが告げる。さっきの話からして、バーチャルＹｏｕＴｕｂｅｒの中の人だってこと、バレた相手はなるべく少ない方がいいのだろうな。

「でも二人って、今まで面識なかったんだよね？　一ヶ谷、三波さんのこと初めて知ったみたいだったし……」

「そ、それはその、えっと……俺がトイレに行こうとしたら三波さんが電話してて、その会話を聞いて、俺が声をかけちゃったんだよ！　その電話で、オタク的な話をしてたから……」

俺にも責任があるので、どうにか誤魔化《ごまか》さなければと、必死で喋《しゃべ》る。

「ふーん……？　電話でオタク的な話？」

「あ、そ、そうです！　わたしが、事務所と電話していたのを聞かれて……。えっと、実は……わたし、声優の事務所に入ってまして……」

「え、声優っ⁉　うそ、すごーい！　アニメとか出てるの⁉」

三波さんの言葉に、二科が興奮して騒《さわ》ぎ出す。

バーチャルYouTuberの中の人って新人声優が多いらしいが、やはり三波さんもそうだったのか。

「まだ新人なのでモブ役くらいで、ほとんどお仕事はできていない状態でして……」

「そーなんだ⁉　でもすごいよー！」

「あの、私がオタクだってことと、声優やってるってこと、学校では内緒《ないしょ》にして頂けると……。学校にも友達にも、芸能関係の事務所に入ってる、としか言っていないので……」

「勿論《もちろん》！　三波さんがオタクだなんて、めっちゃ意外だったよ！　あのさ……実は、私も学校では隠してるんだけど、オタクなんだ！　気持ち分かるから、絶対誰《だれ》にも言わないから安心して！」

二科は三波さんに力強く言い切った。

「……そう、だったんですか……ありがとうございます」

三波さんは二科の言葉に安心した様子だった。

二科の奴《やつ》……さっきは違《ちが》う学年の生徒にもバレたくないって言ってたのに、三波さんを安心させるために自らオタクを暴露《ばくろ》するなんて、意外と優《やさ》しいところあるじゃねえか。

嘘《うそ》をついてしまったことに、二科に対して罪悪感が湧《わ》いたが……三波さんの重大な秘密を守るためだ、仕方がない。

「そっかー、二人がこんなとこにいたときはびっくりしたけど、そういう話してたってわけねー！　じゃ、これから隠れオタク同士宜《よろ》しくね！」

「はい、こちらこそ！　……あっ！　すみません、わたし食堂に友達待たせてまして……」

俺たち三人が食堂へ戻《もど》ると、そこにはもう三波さんの友人の姿はなかった。

「あ、ライン来てた……今日バイトあるから先に帰るって……」

「あのさ三波さん、そしたら、ちょっと食堂で話してかない？　女子のオタク友達って初めてだから嬉しくって……」

「あ、是非《ぜひ》お願いします！　わたしも、オタクな話できる人周りにいないから、ぜひお話ししたいです」

それから俺たちは、まず簡単に自己紹介《しょうかい》を済ませた後、食堂に誰もいないことをいいことに、オタクトークに花を咲《さ》かせた。二科と三波さんは『アイステ』の話で盛り上がっていた。

「それにしても、意外でした。二科先輩がオタクだなんて……」

「え、私のこと知ってたの？」

「はい、有名人ですから。オタクとは真逆の方だって思ってました」

「あはは……」

「その……お二人は、オタク友達、ってやつなんですか……？　羨《うらや》ましいです、同じ学年にそういう話できる人いないので……」

「え⁉　えっと……少し前に、学校以外の場所で偶然《ぐうぜん》会って、それから協力し合ってるってだけで……」

二科が説明するが、傍《はた》から聞いたらよく分からない説明だと思った。

「協力？」

「えっと……まあ、三波さんにはいいよね！」

二科は俺の方を見て軽く確認《かくにん》してから、

「私も一ヶ谷も、オタクの恋人《こいびと》が欲《ほ》しくてさ。でも、学校では見つけられそうにないから、他の場所でどうにかできないかって、協力し合ってて……。て言っても、今のところ何の成果もあげられてないんだけどねー」

と説明した。

まあ、三波さんに隠す必要もないし、三波さんも秘密を教えてくれたわけだからな。

「オタクの恋人……なるほど」

「三波さんは彼氏いるの？」

「……っ！　い、いえ……わたしは、そういうの……興味ないので」

「えーっそうなの⁉　めっちゃモテるだろうに！」

「それに、事務所から恋愛《れんあい》禁止って言われているので……」

「あ、やっぱりそういうのあるんだー⁉　声優って、恋愛スキャンダルは下手したら普通《ふつう》の芸能人より叩かれたりするもんねー！」

とりあえず、西園寺エミリーファンの俺からしたら、中の人に彼氏がいなくて、その上当面作る予定もなさそうで、心から安心した。

「二科先輩《せんぱい》の方こそ、モテそうなのに彼氏いないんですね」

「私、絶対オタク男子と付き合いたくてさー。でも学校ではオタク隠してるから、なかなか出会える機会がなくて」

「そうなんですか……」

「三波さん、手っ取り早くオタクの彼氏作る方法知ってたりしない⁉」

「おまっ、三波さんになんてこと聞いてんだよ⁉」

「オタクの彼氏を作る方法……」

三波さんは二科の質問に真剣《しんけん》に考え始める。

「オタクの、っていうのは難しいんですけど……そういえば友達が、最近マッチングアプリ？　っていうので彼氏ができた、って言ってました」

「マッチングアプリ……⁉」

聞き慣れない単語に、俺も二科も食いつく。

「その子がやってたのは、友達を作るアプリみたいです。私はやってないんですけど、結構流行《はや》ってるみたいで……。そういうアプリにしては珍《めずら》しく高校生も利用できるらしくて。なんか同じ趣味《しゅみ》の人を探せるみたいだから、同じバンドが好きな彼氏見つけられたって言ってました。アプリの名前はちょっと思い出せないんですけど……」

「へぇ～、そんなアプリがあるんだ」

二科が少し興味ありげに返事をする。

アプリでの出会いって大丈夫《だいじょうぶ》なのか？　サクラとかいたり金がかかったりするんじゃないのか？　でも、同じ趣味の人を探せるってところは興味深いな……。

それだったら、オタク趣味の女子だって探せるかもしれない。

そこまで話したところで学校が閉まる合図のチャイムが鳴ったので、今日は帰ることになった。

「あ、そーだ！　ライン交換《こうかん》しよーよ！」

昇降口《しょうこう》に向かいながら、二科が三波さんに言う。

「あ、はい。是非お願いします！」

その場で、二科と三波さんはQRコードでラインを交換していた。

クソ、羨ましい！　俺も、三波さんと交換したい……！

「あ、あの……良かったら、一ヶ谷さんのラインも教えてもらえませんか？」

「……えっ⁉　う、うん、勿論！」

三波さんの提案に、内心めちゃくちゃ驚《おど》きつつも慌《あわ》ててラインを開く。

QRコードを出して、ラインを交換する。なるべく平静を装《よそお》ったが、内心死ぬほどテンションが上がっていた。まさか、西園寺エミリーの中の人とライン交換できるなんて……！

三波さん、なんで俺にまでライン聞いてくれたんだ？　社交辞令的なアレだとしても、めちゃくちゃ嬉《うれ》しい……！

地下鉄で帰るという三波さんとは、駅の改札で別れた。

地元の駅に着き、スーパーで夕飯の材料の買い物をした後、帰宅する。

二科が料理をしている間、部屋でスマホでも弄《いじ》ってようかと思ったが、ふと思い出す。

今日三波さんが話していたアプリ……マッチングアプリ、って言ってたっけか。

同じ趣味の人を探せるなら、オタク趣味の女の子とも仲良くなれるかもしれない。

スマホのアプリ検索《けんさく》画面で『マッチングアプリ』と検索してみる。たくさんのアプリが引っかかった。

三波さんが言っていたのは確か……『友達を作るアプリ』『高校生でも利用可能』『同じ趣味の人を探せる』。そのキーワードを手がかりに探してみる。

恋人を作るアプリや婚活《こんかつ》アプリなんかが上の方に出てきたが、どれも違うのでスクロールする。

マッチングアプリって、色んなものがあるんだな……。アプリページに飛んで詳細《しょうさい》を見てみると、利用は十八歳以上という制限がかかっているものばかりだ。

「……！」

そんな中、暫《しばら》くスクロールしたところで、三波さんが言っていたキーワードに全《すべ》て当てはまるものを見つけた。

『フレンズ　趣味友、見つけちゃおう！』

フレンズというそのアプリは、十八歳以上推奨《すいしょう》となっていたが、十八歳未満利用禁止という内容の文面はない。

説明文を読むと……何やら、アプリ内で自分の好きなものに関する『コミュニティ』というものがあるらしく、同じコミュニティに入っている人のプロフィールを見ることができるらしい。この『コミュニティ』機能で同じ趣味の友達が見つけられる、というのがこのアプリのウリのようだ。

この機能で、オタク関係のコミュニティを探せば、オタク趣味の女の子と出会えるのかもしれない。

とりあえず物は試《ため》しということで、アプリをダウンロードして早速《さっそく》始めてみる。

最初にチュートリアル的な説明が入った。

自分から女性のプロフィールを見て、この人とやり取りをしたいと思ったら『いいね』を送ることができる。相手がそれに『いいね』を返してくれたら、マッチング成立。

また、自分のプロフィールに『いいね』が来た場合、いいねを送ってきた人のプロフィールを見ることができ、プロフィールを見て気に入ったら、『いいね返し』ができる。

互《たが》いに『いいね』がマッチングしたら、めでたくアプリ上でメッセージのやり取りができるようになる、とのことだ。

最初はアプリでメッセージのやり取りをするだけなら、ラインを交換するより安全そうだ。

「今日三波さんが言ってたアプリ、あった」

「えっ……マジで!?」

料理をしている二科の背中に声をかけると、二科は何かを煮《に》ている最中だというのに、驚いてこちらを振《ふ》り向いた。

「見つけ出すの早っ！」

「まあな」

「危なくないのかな？　ほんとにオタク趣味の人と出会えるのかな？　一ヶ谷、先にやってみてよ！」

「まあ、いいけど……」

実験台かよ、と思ったが、まあ女子の方がこういうアプリを使うのに危険が伴《ともな》うだろうからな。その点男は、まあサクラとか詐欺《さぎ》とかに気をつければ、そんなに危険なことはないだろうし。

そう思って、アプリを進めてみる。まず、最低限の自分の情報を打ち込んでプロフィールを登録するように指示される。

「どう⁉　どんな感じ⁉　出会えそう⁉」

そこで料理ができたらしく、二科が美味《うま》そうなカレーライスをテーブルに並べながら、俺のスマホを覗《のぞ》き込んでくる。どんだけ興味津々《きょうみしんしん》だよ。

「まだなんとも……食べ終わったらプロフィール登録してみる」

「うん！」

とりあえず一旦《いったん》中断して、夕食をとる。

「じゃ、いただきます！」

めちゃくちゃ美味そうな匂《にお》いを漂《ただよ》わせている、二科の作ったポークカレーを口にした。

「う……うめぇ！」

一口食べて、正直な感想が口から漏《も》れる。腹が減っていたのもあるが美味すぎて、そのままカレーを勢いよく食べる。

「お、大袈裟《おおげさ》だな……。普通の市販《しはん》のルー使っただけなのに……」

二科はそう言うが、顔を見ると少しにやけていた。料理を褒《ほ》められるのは悪い気はしないのだろうか。

手作りのカレーを食べたのはいつぶりだろうか。最近はコンビニやチェーン店のカレーの持ち帰りでしかカレーなんて食べてなかったからな。

豚肉《ぶたにく》もジャガイモもにんじんも玉ねぎも、コンビニの出来合いのものとは違《ちが》って、きちんと素材の味がして美味《おい》しい。コンビニ飯より手作りの食事の方が身体《からだ》にいいからなるべく料理しろと母親に言われたが、今ならなんとなく分かる。

あっという間にたいらげて、さらにおかわりまでしてしまった。

二科も食事を終え、早速アプリを始めることにした。

二人でソファーに並んで座り、アプリを開く。

隣《となり》に座る二科が、俺のスマホを覗き込んできた。

なんというか、こいつって俺に対する警戒心《けいかいしん》まるでないよな……？　男として見られてないってことなんだろうが……。

距離《きょり》が近くて、部屋着から白い胸元《むなもと》が見えている。もう少しで、下着まで見えてしまいそうだ……。まだ風呂《ふろ》にも入ってないというのに、香水《こうすい》か何かのいい匂いもしてくるし、どうしても意識せざるを得ない。

「ちょっと一ヶ谷、早くプロフィール登録してよ！　何この画面で固まってんの!?」

「え!?　あ、ああ……」

距離が近いのを意識しているのはやはり俺だけのようで、二科に急《せ》かされる。

「えっとまず、プロフィール写真……？　いや、写真なんか載せられねえよ！」

自分の写真を不特定多数が見るアプリに載せるのは抵抗《ていこう》があるし、何より……俺の写真なんて載せたら、誰《だれ》もいいねなんてしてくれないと思う。

「私も、絶対知り合いにバレたりしたくないから写真は載せらんないわ。オタクだってことは勿論《もちろん》、このアプリ使ってるってこともバレたくないし……」

互いに写真は載せないことにした。名前は、自動的に本名のイニシャルになるらしい。

「えっと、誕生日と血液型、年齢《ねんれい》、居住地の入力が終わったら、次は……趣味《しゅみ》か。ソシャゲと、バーチャルＹｏｕＴｕｂｅｒの動画を見ること、アニメ、漫画《まんが》、ネット、あとは……同人誌？」

「ちょっ、バカなの⁉　そんな馬鹿《ばか》正直にガチオタ趣味ばっかり上げてどうすんのよっ⁉」

「え？　だって、オタク趣味の彼女が欲《ほ》しいんだから、むしろオタク趣味を上げた方が分かりやすいだろ？」

「オタクはオタクでも、空気が読める、人目を気にする方が女の子からの好感度高いに決まってんじゃん！　こんなガチオタ百二十パーセントのプロフにしたら、人からどう思われるかとか気にしない地雷《じらい》オタク臭半端《しゅうはんぱ》ないから！　オタク趣味羅列《られつ》するのも良くないし、同人誌なんてもっての外《ほか》！　マジでキモがられるし引かれるから！」

「そ、そういうもんか……」

「それに、趣味がオタク関係だけなのも地雷臭やばい！　もっと爽《さわ》やかな趣味、ないの？　何でもいいから、絞《しぼ》り出して！」

「んなこと言われても、オタク以外の趣味なんてねえし……」

「ハァ〜ッ。じゃ、趣味じゃなくても、たまにやってる程度とか、いっそ、やったことある程度でもいいから付け足して！」

爽やかな趣味……あ、この間二科のコスプレ姿を撮影《さつえい》したとき、楽しかったな。『カメラ』を付け足しておこう（カメラじゃなくスマホで撮《と》っただけだけど）。カメラ趣味の男って、なんとなくオシャレでモテそうだしな。それに、もしかしたらコスプレイヤーの女子が『撮影してもらいたい』と反応してくれるかもしれない。

それからあとは……たまにあいと、電車代ケチって自転車でアキバまで行くことがあるから、『サイクリング』も付け足しておくか。

趣味・アニメ、ゲーム、カメラ、サイクリング……おお、なんか陽キャオタク感出てるな⁉

気付けば、二科も自身のスマホで登録を始めていた。

「そういうお前は、趣味何にするんだよ？」

「えーっと、ちょうど今入力してるんだけどー、ゲーム、アニメ、BL、男性声優、コスプレ、買い物、料理……」

「おいおいおい！　お前、俺には同人誌NGって言っておいてそれかよ!?　当然のようにBL上げてんじゃねえよ!?」

「確かに、ウケは悪いかもって思ったけど……でも！　腐女子《ふじょし》だってことは私のアイデンティティだから！　私が腐女子だってことを認めてくれる人じゃなきゃ付き合えないし……！」

腐女子がアイデンティティってなんだよ……？

「だからってな、最初っからプロフィールに趣味：BLなんてあったら、それこそ、どんな男が見ても地雷だって思うから！　BL趣味を無理矢理押し付けてきそうな女だって思うから！　まず仲良くなってから、実はBL好きなんだってカミングアウトすればいいだろ!?　あと、男性声優ってのもちょっとな……。彼氏作ろうとしてんのに既《すで》に他の三次元の男に夢中なのかよ、って感じだし」

「そ、そういうもん……？　うぅ……分かったわよ」

二科は不満げながらも、俺に言われたとおり大人しくプロフィールの趣味欄《らん》を直した。

「次は、自己紹介文《しょうかいぶん》ね……」

自己紹介か……。とりあえず、オタクな彼女が欲しいってことをアピールしないとな。

互いに真剣《しんけん》に自己紹介の文章を打ち込む。

「できた！」

二科が先に声を上げた。

「見して」

【富士見《ふじみ》在住のＪＫ２です♡　ネクステ／ソード男子／ビブマイ／コンナン／Ａ５／アイステ　趣味が同じ人、気軽に絡《から》んで下さい♡】

「ツイッターのプロフじゃねんだぞっ⁉　こんなん見て連絡《れんらく》送ってくる奴《やつ》がいると思うか⁉　好きなコンテンツ一覧とか、分かんねえ人から見たら暗号みたいだからなっ⁉」

「敢《あ》えてよ！　分かる人だけ……つまりオタクだけ連絡してね、っていう隠《かく》れメッセージなの！」

「いやまず、俺レベルのオタクなら分かるけど、女子向けに詳《くわ》しくないオタク男だったら分かんねえし、自己紹介これだけだとまたしても地雷臭半端ねえから！　もっと親しみの持てる文章を付け足せ！　それから……何でナチュラルに俺の家の最寄《もよ》り駅載せてんだよ⁉　お前にはネットリテラシーってもんはないのか⁉」

「え、やっぱり危ないかな？」

「危ねーに決まってんだろ！」

「ってか、親しみの持てる文章……って、例えば何よ⁉」

「男が見て、メッセージを送りたくなるような文だよ。例えば……こういうアプリは初めてだけど、趣味の合う友達が欲しくて思いきって登録してみました♡　とか、仲良くなったら一緒《いっしょ》にアニメ見たりゲームしたりしたいです♡　とか……」

「へー、なるほどね……。で、あんたの自己紹介も見せなさいよ」

二科は無理矢理俺のスマホの画面を見た。


【オタクな高校生男子です。同じくオタク趣味の女性と仲良くなりたいです。できれば『アイステ』『FGO』『バーチャルYouTuber』などが好きな女性と仲良くなれたら嬉《うれ》しいですが、女性向けコンテンツにも理解があります。オタクコンテンツが分からない人でも一から丁寧《ていねい》に教えます。仲良くなったら一緒にアニメなど見られたら嬉しいです。

宜《よろ》しくお願いします。】

「なんか……気持ち悪っ！」

「は……!?」

二科の酷《ひど》すぎる言葉にショックを隠しきれない。

「な、何が気持ち悪いんだよ!?　丁寧だし親しみのある文章だろ!?」

「なんか全体的に暗いし重いし……しかもあんたの方こそ自分の趣味押し付ける気満々じゃん！『分からない人でも一から丁寧に教えます』って、怖《こわ》いからっ！　自分の方から歩み寄る気ないじゃん！」

「え!?　そ、そんなことは……」

「しかも、友達作るアプリなのに、女目当てなの前面に出し過ぎでキモい！　とにかく、文章を全体的にもっと明るく柔《やわ》らかくして、『女性向けオタクコンテンツはまだ詳しくないけど、興味があるので教えて下さい！』って感じの文に変えて！」

二科の辛《しん》らつな言葉にダメージを食《く》らう。

「あと、オタク以外の趣味のことも自己紹介文に載せて、爽やかなオタクさっていうか、ヤバいガチオタじゃないっていうアピールして！」

「クッ……あー、分かったよ……直しゃいいんだろ」

「何よそれ⁉　せっかく有益なアドバイスしてあげてるっていうのに……。あんた最初の文だったらマジでやばかったからね⁉」

「言っとくけどな、俺がアドバイスしてやったからいいものの、お前の最初のプロフの方がやばかったからな⁉　あれでいいね来たら奇跡《きせき》だ、ってレベルに！」

「はあ⁉　何それ⁉　私は別に、あんたのアドバイスなんてなくてもうまくやれる自信あるし！　あーもー分かった。もうこの後はこのアプリ、お互《たが》いにアドバイスとかなしでやることにしよ。私のアドバイスにもムカついてるみたいだし⁉」

「……！　あ、ああ……そうだな、それいいな！　分かった、そうしようぜ！」

「ま、もしこれで彼氏できたら、そのときは報告してあげてもいいけど？」

「は、はは……それは楽しみにしてるぜ」

言い争いに発展し、俺も二科も怒《おこ》りながら自分の部屋へと移動し、扉《とびら》を閉めた。

言ってることは正しいのかもしれねえけど、あんな言い方されたら誰だって怒るっつの！

もう二科の力なんて借りずに、自分一人の力でやってやる！

でも、さっき二科が言ってたアドバイスは……オタク女子目線からの意見ということで、一応取り入れておこう。

二科のアドバイス通りにプロフィール全体を直す。

【オタク趣味の友達が欲しくて登録しました。休日はアニメやゲームを楽しんだり、友達とサイクリングをしたり、カメラやったりしてます。

『アイステ』『FGO』『バーチャルYouTuber』などが好きな人と仲良くなれたら嬉しいですが、女性向けオタクコンテンツも興味があるので、教えてもらえたら嬉しいです！】

二科に注意されたことは全《すべ》て反映した。よし、これで完璧《かんぺき》だろ！

それから、トップ画面から他の女性会員のプロフィールを見てみる。

【都内の大学に通ってます！　趣味はライブとスノボです。コミュニティ見て趣味合ってる方いたら気軽にイイネお願いします。男女問わず飲み友募集《ぼしゅう》してます】

リア充《じゅう》女子大生か……。写真も、リア充な可愛《かわい》い子って感じだが、写メが加工されているようで、若干《じゃっかん》写真詐欺《さぎ》感は否《いな》めない。

何にせよ、オタクじゃないなら俺の希望する相手ではない。次。

【趣味：V系、アニメ、コスプレｅｔｃ……】

おっ！　オタクじゃねえか！　しかもコスプレイヤー！　写真は……。

思わず、変な声が出た。ドアップの自撮りで、光で飛ばしてあるが、それでも可愛くない。髪形《かみがた》も服装もいかにもV系バンドって感じで、正直キツいもんがある。

「ひえっ⁉」

【写真ない人には返事してません。イイネしてきたのにメッセしてこない人も意味分かりません。返事が遅《おそ》い人も最初からメッセしてこないで】

しかも、なんだよこの文章！　感じ悪っ！　これが本物の地雷って奴か……。うわ、しかも年齢《ねんれい》三十歳⁉　ひいぃ、こんな人もいるのか……。

俺も……女子側から、地雷とか、キツいとか、思われないようにしねえとな……。二科に注意されずさっきの文章のままだったら、そう思われていたかもしれない……。

そういえば、このアプリはコミュニティから同じ趣味の人と知り合えるのが特徴《とくちょう》だったな。

コミュニティで『オタク』や『アニメ』などのワードで検索《けんさく》すると、すぐ『アニメ大好き』とか『オタク友達欲しい』というコミュニティが見つかった。

さらに、『アイステマネージャーやってます』とか『バーチャルＹｏｕＴｕｂｅｒ』なんてジャンルごとのコミュニティまで見つかった。しかも、結構な参加人数だ。

すげえ……。このアプリって、結構オタクもいるんだな？

コミュニティに入っている女性会員を見ていく。写真を上げている、可愛い子もたくさん出てきた。オタクで、好きなジャンルも合い、可愛い子が、世の中にはこんなにたくさんいるというのか……!?

最初、マッチングアプリの概要《がいよう》を聞いたとき、正直、それって出会い系じゃないのか……？　なんて思ってしまったが、こういう出会いも悪くないじゃないか、なんて今は思う。普通《ふつう》に生活していたら出会えない、こんなにたくさんの人と出会える可能性が広がるのだから。


一週間後。

俺はあれから精力的にアプリでの活動を続け、思いきって何人かの女性にイイネを送った。

しかし、写真を載《の》せている可愛い女性からは、一切《いっさい》『イイネ』の返しが来なかった。互いに『イイネ』ボタンを押さないと、メッセージのやり取りは始まらない。

やはり、可愛い女性は競争率が高かったのだろう。俺は写真を載せてないので、それも返事が来なかった原因かもしれない。

仕方なく、写真を載せていない、条件に合う女性にも何人かイイネを送った。

俺の条件は、高校生で、オタクで、入っているコミュニティやプロフィールなどを見て一つでも好きなジャンルがかぶっていて、都内在住で、あとは自己紹介《しょうかい》の文章に好感が持てる女性、である。

写真未掲載《けいさい》の計八人にイイネを送って、三人からイイネが返ってきた。

そのうち一人は、途中《とちゅう》から返信が来なくなってしまった。もう一人は、なんだか話が嚙《か》み合わなくなって、自然消滅《しょうめつ》してしまった。

つまり、現在やり取りを続けている女性は一人。

アプリを始めたその日に、『おすすめの新会員』としてアプリのトップに表示された。

俺と同じ日にアプリを始めた人らしい。

都内在住の、同い年の高校二年生。『アイステ』が好きらしく、最近『バーチャルＹｏｕＴｕｂｅｒ』も好きになりつつある、コスプレイヤーらしい。

その時点で、めちゃくちゃ心惹《こころひ》かれる。

さらに、自己紹介には『趣味《しゅみ》の合う友達が欲しくて思いきって登録してみました。仲良くなったら一緒にアニメ見たりしたいです』という、好感度が高いことが書いてあったのだ。

この女の子こそ、俺の理想の相手に思えて仕方がない。

写真は載せていないが、コスプレをしているならある程度可愛いのではないだろうか、という期待が膨《ふく》らむ。

メッセージのやり取りをしていても、話も合うし、とても明るくていい子なのだ。

ああ、早くこの子に会ってみたい。しかし、あまりに性急だと引かれてしまうだろうか……？

『Kさんとはとても話が合うので、いつかお話ししてみたいですね』

夜寝《ね》る前、引かれないように気をつけながら、恐《おそ》る恐るメッセージを送ってみた。Kさんというのは、相手の女性のイニシャルだ。

『私も、是非《ぜひ》いつかお話ししてみたいです』

数分後にすぐ返信が来る。おおおマジかよ⁉　めちゃくちゃ手応《てごた》えアリじゃん！

『今度、秋葉原《あきはばら》でアイステのコラボカフェイベントがあるみたいなので、良かったら一緒《いっしょ》に行きませんか？』

Kさんとは、主にアイステの話題で話が合っていたので、思いきって提案してみた。

しかし、基本的にすぐに返事が来るのに、返事が来なくなる。

まずい。さすがに性急すぎて引かれたか。撤回《てっかい》するべきか？　でもなんて撤回すればいいんだ⁉

せっかくここまでうまくやり取りして築き上げてきたのに……！

俺が一人悶《もだ》え苦しんでいると、スマホから通知音が鳴る。

『それ、私もちょうど行きたいと思ってたんです。是非行きましょう』

「うおおおおお！」

メッセージをもらって、部屋で思わず雄叫《おたけ》びをあげた。

まさかこんなに順調に会ってくれることになるなんて……！

すげえじゃねえか、『フレンズ』！

このままいけば……二科よりも一足先に彼女ができるんじゃないのか⁉

「おはよ」

「……はよ」

翌朝、リビングで二科と挨拶《あいさつ》を交《か》わす。

あれ以降、二科とはあまり会話していなかった。挨拶や事務的な会話のみである。

まだ少しムカついていたし、二科の方もそうなのだろう。

「お前、その後アプリ続けてんのか？」

あれ以降、二科がどうしているのか、一切聞いていなかった。

「まーね！　かなり順調だし！」

二科は俺の質問に得意げで答えた。

「……！　へ、へえー……」

内心、焦《あせ》る。

「あ、あのさ……今週の土曜って、何か予定ある？」

二科は、先ほどまでの得意げな様子から突然《とつぜん》変わって、言いにくそうに俺に聞いてきた。

「土曜？　ああ、予定あるけど……なんで？」

その日は、Kさんとアイステコラボカフェに行く約束の日だ。

「！　そ、そっか……じゃ、いいや。なんでもない」

「なんかあったのか？」

「別に、なんでもないって！　じゃ、先行くから！」

二科はなぜかキレ気味に家を出て行った。

なんなんだよあいつ、キレどころがわけ分かんねえぞ。

数日後の土曜日。

ついにKさんとデートする当日を迎《むか》えた。

秋葉原の駅に、午後一時に待ち合わせになっている。

十時頃《ごろ》起きると、既《すで》に二科の姿はなかった。

基本的に二科は、オタクでありつつリア充でもあるので、俺と違《ちが》って土日はどこかに出かけていることが多い。俺もさっさと準備しないと、と思いながらスマホをチェックすると。

「えっ……!?」

フレンズにKさんから『ごめんなさい！　今日のお約束、やっぱりキャンセルさせてもらってもいいですか？』というメールが来ていた。

ちょ、マジかよ、なんでまた……？　と一瞬驚《いっしゅんおどろ》いたところで、さらにもう一通メッセージが来ていることに気付く。一通目は朝の八時頃、二通目はつい十分程《ほど》前に来ていた。

『急にドタキャンしちゃってごめんなさい！　やっぱり大丈夫《だいじょうぶ》ですので、今日伺《うかが》いますね』

ど、どういうことだ……？

『返事遅《おそ》くなってすみません！　大丈夫ですか……？』

とりあえず慌《あわ》ててそれだけ返信すると、すぐに『はい、大丈夫です。宜《よろ》しくお願いします』と返事が来た。

当日に、一体どうしたのだろうか。気にかかりながらも、のんびりしている暇《ひま》はないのでとりあえず準備に入る。

あれから特に服など買っていないので、二科にディスられた、パーティーに着ていった服以外で、まだまともだと思える服を必死に漁《あさ》った。結果、まだ新しめの赤と黒のチェックのシャツにジーパンを穿《は》いていくことにした。

デートのために服くらい新調したかったが、どこに何を買いに行けばいいのかもサッパリ分からなかったので諦《あきら》めた。本当は二科に相談したかったが、最近のあいつはなんか様子がおかしい。

俺に何か言いかけて、やっぱりやめる、ということが何度かあった。

とりあえず、今日は自分なりに頑張《がんば》ってオシャレするしかない。前に買ったワックスで髪形を弄《いじ》るも、今ひとつ決まらないまま、家を出る時間になってしまう。

待ち合わせ場所に十分前に到着《とうちゃく》するように家を出た。

電車の中で、緊張《きんちょう》しすぎて胃が痛くなってくる。

この俺が、初対面の女の子相手にうまく話すなんて、果たしてできるのか？

せめて、二科に服装とかアドバイスもらえたり、デートでの振る舞《ふま》い方について教えてもらえていれば、直前になってこんなに不安になることはなかったかもしれない……。


秋葉原に到着する直前、アプリでメッセージを送る。

『もうすぐ着きます！　電気街《でんきがい》口の改札出たところにいますね！』

少しして、返信が来る。

『了解《りょうかい》しました。もう秋葉原にいるので、私も改札向かいます』

もうアキバにいるのか……。

秋葉原の駅に到着し、電気街口改札を出る。

おそらく、もう着いているのだが……そういえば、どうやって探したらいいのだろう。

お互《たが》い顔を知らないんだから、何か特徴とか伝え合っておくべきだった。

アプリからメッセージを送るべく、邪魔《じゃま》にならないよう柱の近くへ移動する。

「……え……!?」

柱を背に立っている、見覚えのある姿を見て、驚《おどろ》きのあまり固まった。

二科だ。

なぜかここに二科がいる。

声をかけようとするも、二科の様子に思わず一瞬躊躇《ためら》った。

二科はスマホを持ったまま、真っ青な顔で固まっている。その上、スマホを持つ手は震《ふる》えている。

なんだこいつ？　一体何やってんだ？　体調でも悪いのか？

「おい、二科」

「……？　ふぁっ⁉」

俺の顔を見て、大袈裟《おおげさ》なくらい変な声を出して驚いた。

「い、一ヶ谷⁉　なんであんたがここに……⁉」

「それはこっちのセリフだよ！　なんでお前がここに……」

「わ、私は！　今日、アプリで知り合った人と会う約束してて……でも直前になって怖《こわ》くなってきたからキャンセルしたくなってきて……」

「え……⁉　いや俺も今日、アプリで知り合った人とアイステのコラボカフェ行く約束してたんだけど……」

「えっ……えぇぇぇ!?　嘘《うそ》でしょ!?　ってことはもしかしてっ……あんたがKさんなの!?」

二科の言葉に、一瞬脳内が真っ白になる。

つまり、ってことは……。

「ま、まさか……お前がKさんなのか……？」
K、というのは、下の名前のアルファベットだったことを思い出す。
二科の下の名前って……心《こころ》、だ。

「そういえばあんたの名前って……景虎《かげとら》、だっけ!?」

「………」

俺と二科は、驚きとショックのあまり、同時に魂《たましい》が抜《ぬ》けたかのように呆然《ぼうぜん》としてしまう。

「そういえば確かに……今までの話、全部あんたに当てはまるわ……。考えてみたら、アイステ好きとか、バーチャルYouTuber好きとか……。『女性向けオタクコンテンツについて教えて下さい』みたいな文章って、私がアドバイスしたやつそのまんま使ってんじゃん！　あんだけ大口叩《たた》いてたくせに！」

思い返してみれば、Kさんの話もすべて二科に当てはまる。それに……。

「お前のプロフだって、俺のアドバイスかなり反映されただろ!?　俺のアドバイスなんて

いらないみたいな口ぶりだったくせに！」

そりゃあどうりで、好印象を抱《いだ》くはずだ……。

「そういえば……俺が最初にこのアプリを始めたとき、おすすめ新会員としてKさん……っていうかお前のプロフが表示されたんだったな……。それってもしかして、俺とお前が同じ日にアプリを始めたから……？」

「えっ……あ、確かにっ！」

俺と二科は、同時に大きなため息をついた。

「あ〜もう、マジ卍《まんじ》！　この数日間どれだけ頑張ってやり取りしたと思ってんの⁉　マジ時間と労力の無駄《むだ》じゃんっ！」

「こ、こっちのセリフだっつーの！　俺だって、毎回めっちゃ文章考えながらメッセージ送って、今日も緊張で胃が痛くなったっつーのに……！」

「……っていうか、何その服⁉　なんでよりによってデートの日にテンプレオタクファッション⁉　そんなんだったら、たとえ本当にデートにこぎ着けてたとしても、秒で振られて終わりだからね⁉」

「えっ⁉　テ、テンプレオタクファッション⁉　この服が⁉　お前がパーティーに着ていった服ディスってきたから、わざわざ別の服にしたのに……！」

「今日の服も十分、明らかに分かりやすいテンプレオタクファッションじゃん！　あんたテンプレオタクな服しか持ってないわけ⁉」

「な、な……⁉」

まだマシだと思っていた服さえも二科にディスられて、俺が盛大《せいだい》に落ち込んでいると……。

「はぁ～……でもぶっちゃけ、かなり安心した……」

「え……？」

二科は少しだけ笑って言う。

「知らない人と、しかも男の人と二人で会うなんて怖くてさ。あんたに一緒《いっしょ》についてきてもらおうかとも思ったくらい……当日になってドタキャンなんて、クズなことしようともしちゃったし」

「……！」

そうか、だから今朝のメール……。それに、俺に何か言おうとしてたのは、それだったのか。

確かに、男とほとんど接点を持ったことないこいつが、見知らぬ男と二人きりで会うなんて、不安だったろうな。男の俺だってあんだけ緊張したんだ。

「じゃあ会うの断れば良かっただろ。今回の相手は俺だったけど、確かに中にはやばい奴《やつ》だっているかもしれないし……」

「出会いたくてやってるのに、断るのも意味分かんないじゃん」

「まあそうだけど……一応、俺がお前の両親からお前を預かってる形なんだし、あんまり危ないことはすんなよ」

「……！　な、何よそれ……」

俺の言葉に、二科は少し顔を赤くした。

二科は駅とは逆の方向に歩き始める。

「え、お前、どこ行くんだよ？」

「きょ、今日は『アイステ』のコラボカフェ目的で来たんだから、行かないで帰るとか勿《もっ》体《たい》ないでしょ！　せっかくアキバ来たのに」

「あ……確かに」

「ま、あんたは帰ってもいいけど、行きたいってんなら一緒に来てもいいけど？」

「なっ……お、俺だって行きたかったっつーの！」

せっかく休日に秋葉原まで来たのだ。二科の言うとおり、コラボカフェだけでも楽しんで帰らなければ勿体ない。

コラボカフェの会場である店内に入ると、壁紙《かべがみ》が全《すべ》て『アイステ』のイラストで埋《う》め尽《つ》くされていた。

「ひゃ〜っすごい！　かわいいーっ！　わー、メニューも全部キャラにちなんでる！」

メニューを見ると、各メインキャラの名前がついたメニューになっており、各キャラのモチーフやアイテムが料理で表現されていた。

俺と二科は、それぞれ担当アイドルのメニューを頼《たの》んだ。

めちゃくちゃテンションが上がり、ガッカリした気分はすっかりどこかに消え失《う》せていた。

それから、俺たちは店内やメニューを撮影《さつえい》しまくったり、食事を楽しんだり、コラボカフェ限定のグッズも購入《こうにゅう》したりと、アイステのコラボカフェを思う存分楽しんで、帰宅したのだった。

6

「はあ……」

翌日の日曜。

俺は自宅のリビングで、ソファーに寝転《ねころ》びながらなんとも言えない虚無《きょむ》感に襲《おそ》われていた。

昨日はなんだかんだ言って楽しかったけど……これでまた、振り出しに戻《もど》ってしまった。

正直、かなり期待していた。『Kさん』こそが、理想の女性だと。このままもうすぐ理想の彼女ができると。

それが、全《すべ》て白紙に戻ってしまったのだ。

ぶっちゃけ、もうあのアプリで頑張《がんば》る気力を失ってしまった。

どちらにせよ、俺は『Kさん』……というか二科《にしな》としかやり取りしていなかったので、活動を再開するには、また新しく良さげな会員を見つけてイイネしなければいけないが、それもまた面倒《めんどう》くさいのだ。

あのアプリ以外で、新しい出会いの場を見つけるべきだろうか。

玄関《げんかん》から二科が帰って来る音が聞こえてくる。確か今日は、友達と遊びに行くとか言っていた。

「ただいまー」

「ああ、おかえり……」

二科は買い物をしてきたようで、大量の紙袋《かみぶくろ》を両手につるしていた。

「やばー、めっちゃ買っちゃった！　今月は節約しないとなー」

二科は、生活費や学費の他《ほか》に、小遣《こづか》いも両親に振《ふ》り込んでもらっているようだ。それも、二科の金の遣いっぷりを見るに、結構な額に思える。

俺は生活費から余った分をオタク活動費に回しており、それも大した額ではないので、羨《うらや》ましいことこの上ない。

「これやっぱめっちゃかわいー！　しかも絶対私に似合うー！」

気付けば、二科は全身鏡の前で服を広げて自分の胸に当てていた。

「おい、なんでここで……」

「だって仕方ないじゃん、リビングにしか全身鏡ないんだもん」

「そうだけど……」

二科は三着ほど袋から出し、自分の身体《からだ》に当てて鏡を見ていた。

しかし、いつも思うが……。

「ほんとお前が好きな服って、オタク男ウケしないような服ばっかだな」

「……え⁉」

今二科が着ているのは、肩《かた》が出た黒のトップスに、赤のチェックのミニタイトスカート。オシャレなのかもしれんが、オタク男目線からしたら『ギャル』『ビッチ』『怖《こわ》い』という印象が強い。

そして今広げている服も、色は黒や赤などの濃《こ》いめの色が多く、肌《はだ》の露出度《ろしゅつど》も高いものばかりで、とにかくビッチ臭半端《しゅうはんぱ》ない。

昨日は散々俺の服装をディスってくれたが、こいつの服装だって、『オタク男子からモテる』という観点で見たらダメダメだ。

「なっ……⁉ そんなこと言ったらねえ、あんたの服装だってクソダサすぎるし……いや、それより何よりあんたの場合、根本的なところがダメだから！」

俺の言葉に二科が逆ギレし始める。ちょっとダメだししてやっただけなのに、どんだけ沸点《ふってん》が低いのだろうか。

「根本的なところ……ってどうせ、顔とか言うんだろ？ そんなの俺の努力じゃどうにもならな……」

「ちっがぁぁぁあう！　ほんっとそういうとこだよ！　考え方からしてダメ！　全く努力してないうちからそういうこと言うとこ！」

「なっ……!?　じゃ、じゃあ一体なんだって言うんだよ？」

「清潔感っ！　あんたにはその一番大事なものが欠如《けつじょ》してんの！」

二科は俺にビシッと指を差して、力強く言い切った。

せ、清潔感……？

「いや、お前も知ってると思うけど、俺これでも毎日風呂《ふろ》には入ってるけど……」

「それは『本当に清潔かどうか』でしょ!?　そうじゃなくて、清潔感！　あのね、これは大事なことだから絶対覚えて欲しいんだけど……とにかく好印象を持ってもらうには、一に清潔感二に清潔感、三四がなくて五に清潔感だからっ！」

「せいけつかん……」

思わずオウム返しした。二科の力強いセリフが、脳内に直接響《ひび》いてくる。

「まず髪《かみ》がボサボサ！　眉毛《まゆげ》もボサボサ！　爪《つめ》も伸《の》びてる！　清潔感がない！」

「……！」

確かにそんなところ、あまり気にしていなかった……。

「それに夜更《よふ》かししてるからなのか分かんないけど、肌も唇《くちびる》も荒《あ》れてる！」

「そ……そういうところって、そんなに大事なのか？」

「あったり前でしょ⁉　顔より服よりも、清潔感がまず一番大切だから！　しかも、清潔感って努力次第《しだい》でどうにでもなるんだから、そこが足りてないのはモテるための努力を全くしてないってことだから！」

「顔より、服より重要……？　いや、それはさすがに言い過ぎじゃ……」

「いやいやいやいや！　ほとんどの女子が私と同じ意見だと思う！」

マジで……？　そしたら、モテるために一番大切なところは努力でどうにでもなるってことなのか……？

「じゃ、どうすりゃいいんだよ」

「あー、分かったわ、今後、実際に出会いの場に行くこともあるだろうから、今日はあんたに、超《ちょう》大事なことを教えてあげる！　一つずつ挙げるから、ありがたくメモでもとりなさいよ！」

「わ……分かった！」

上から目線の二科の言葉に腹が立ったが、もうこの際背に腹は替《か》えられない。俺はスマホのメモ機能を開いた。

「まずは、そうね……清潔かどうかじゃない、って言ったけど……大前提として、実際に清潔かどうかは確かに大事。できれば毎日朝にお風呂に入って、身体も頭も清潔になること。朝風呂の方が寝汗《ねあせ》とか流せて清潔な状態で出かけられるから」

「ふーん……」

朝風呂か……朝はできればギリギリまで寝てたいんだが……。

まあ、毎日じゃなくても、出会いの場へ行くときやデートの日だけでも朝風呂にしてみるか。

次に俺にデートなんて日が訪《おとず》れるのか、激しく謎《なぞ》だけどな……。

「それから、次は肌。男女ともに、肌が綺麗《きれい》な人ってそれだけで清潔感があるし、印象いいと思う。毎日ちゃんと顔を洗って顔を清潔にした上で、お風呂から出たら男子でも化粧《けしよう》水をつけること。あとは、規則正しい生活をする。十分に睡眠《すいみん》を取って、栄養のバランスがとれた食事をすること！　それでも、肌荒《はだあ》れが酷《ひど》かったら、皮膚《ひふ》科《か》に行くこと！　保険内治療《ちりよう》で、そんなにお金かからずにいい薬を出してもらえるから。実際私もニキビできたらすぐ皮膚科行ってるし」

「皮膚科か……ニキビだけでそこまですんのか」

「皮膚科に行くだけで千円前後でニキビ治るんだから、めっちゃいいでしょ！」

とりあえず、規則正しい生活を心がけることと、化粧水を薬局で買うか……。確かに慢《まん》性《せい》的にオタ活で寝不足気味だったからな。

「それから次！　鼻毛と眉毛は、頻繁《ひんぱん》に手入れをすること！」

「鼻毛と眉毛……」

「あんたもしかして、手入れしたことないんじゃない？」

「……っ！」

図星だった。

「嘘《うそ》でしょ、信じらんない！　どっちも、専用のハサミとか毛抜《けぬ》きがあるから買って手入れして！　眉毛は、まず周りの無駄《むだ》な毛を抜いてから、形を整えるの。それから、あんたの眉だったら……」

二科はスマホで何かを検索《けんさく》して、俺に画面を見せた。

そこにはイケメン俳優のアップの写真がある。

「後でこの画像送るから、これを参考に眉毛整えて。あんたの顔の形だったら、この眉毛の形が似合うと思うから」

「まじか。なんかすげえなお前……」

「本当はこんくらい自分でできるようになってよ！　それから、次、髪形《かみがた》！　あんたそれ、床屋《とこや》で髪切ってるでしょ？　それに、いつも何もセットしてないでしょ？」

「あ、ああ……」

「ちゃんと美容院でカットしてもらうこと！　私がいつも行ってる美容院教えてあげるから。ちょっと高いけど、めっちゃ上手《うま》いから！　今長くて清潔感ないから、爽《さわ》やかでお洒《しゃ》落《れ》な髪形にして下さい、とか言えばいい感じにやってくれるはず！　それから、大事なのはヘアセット！」

全《すべ》てメモっているので、内容が多くなってきたが、必死にメモった。

「お風呂入った後の髪の乾《かわ》かし方でその後のセットはほぼ決まるから。慣れてくれば前髪を上げたり癖《くせ》をつけたりすることができるけど、あんたの場合は……とにかく自然乾燥《かんそう》させないこと、髪の流れに沿って丁寧《ていねい》に乾かすこと、それから髪を乾かし終わったら、ワックスで整えること！　……ちょっとこっち来て！」

二科が洗面所へと移動するので、慌《あわ》てて俺もそれについていく。

「ほんとは髪濡《ぬ》らして乾かしてからの方がいいけど、とりあえず今日はこのままでやるから。ちょっと、何してんの。早く屈《かが》んで！」

「え!?」

「まず硬《かた》いワックスを軽く付けてボリュームを出してから……」

二科が俺を鏡の前で屈ませて、後ろからヘアセットをし始める。俺の髪を弄りながら指導するなんて思っていなかったので、驚《おどろ》いた。よ、よく嫌《いや》じゃないなこいつ……？　鏡で顔が見えるので、必死で動揺《どうよう》を表に出さないようにする。

「お、お前……なんで男の髪までセットできるんだよ？」

「自分でもいつもワックスとかでヘアセットしてるから、髪の長さが違《ちが》っても大体分かるわよ」

「そういうもんか……」

「ちょっと、ちゃんとやり方見てる⁉」

「え、あ、ああ！」

やばい、二科に髪を触《さわ》られているということにドキドキしすぎて、ちゃんとやり方見てなかった。もう邪心《じゃしん》は捨てて、必死に二科の手つきを見る。

「硬めのワックスで全体のボリュームが出せたら、柔《やわ》らかめのワックスで毛先を整えるの」

「うん、なるほど……」

二科の手元を見つつ、スマホにメモを取るのを再開する。

「ほら、今のあんたのダサい髪形でも、セットしただけでもマシになったでしょ」

「……！　す、すげえ……。リア充《じゅう》っぽい髪形じゃん！」

鏡を見て、感動する。

髪形を整えただけでも、こんなに印象変わるもんなのか……！

「こんくらい自力でできるようになりなよ」

「あ、ああ……練習してみるわ」

「それから、次はー……歯と口臭《こうしゅう》！」

「口臭……？」

自分の口臭って、気にしたことなかったな……。

「口臭はマジで一番超絶《ちょうぜつ》大事だから！　どんなにイケメンで優《やさ》しくても、口臭がしたら一発アウトだから！」

「マ、マジか……」

でも確かに、どんなに可愛《かわい》い子でも口臭がしたら……。想像したら、かなり嫌だな……。

「ど、どうすりゃいいんだよ」

「まず、歯は朝昼晩丁寧に磨《みが》くこと。歯と一緒《いっしょ》に、口臭予防に舌も磨くこと。虫歯とか問題があったらすぐに歯医者へ行き治すこと。虫歯や歯周病は口臭の原因になるから」

「虫歯、か……とりあえず前回の歯科検診《けんしん》では大丈夫《だいじょうぶ》だったし、特に歯が痛むこともないから大丈夫だと思うけど……」

「口臭は常に気にしすぎるほど気にすべし！　口の中を清潔に保ちつつ、口内の乾燥、空腹、胃が悪いとかが主な口臭の原因だから、口臭の根本の原因を治すこと。その上でブレスケアも常に持ち歩くこと！」

今まで正直、口臭なんてほとんど気にしたことなかったけど……乾燥とか空腹が口臭の原因になるのか。

「じゃ、常に口が渇《かわ》かないよう注意しつつ、ブレスケアを持ち歩けばおっけーってことか？」

「ま、とりあえずそこだけ気をつけておけば大丈夫じゃない？　今のところあんたの口が特別臭《くさ》いって思ったことないし」

二科に面と向かってずばっと言われて、内心ほっとした。

「それからあとは、口臭以外にも、匂《にお》いは気にしすぎるほど気にすべし！　身体を清潔にした上で、清潔な衣服を身に着けて、制汗剤《せいかんざい》も使用すること！　洗濯《せんたく》は私がお母さんに、匂わない乾かし方とか教わったし、いい匂いの柔軟剤《じゅうなんざい》も使ってるから、問題ないと思うけど……」

「な、なるほど……」

二科、そこまで気を遣《つか》って洗濯してたのか……。

「とりあえず、もうすぐ夏だし男性用の制汗剤買っときなさいよね。あと、足！　男性は特に蒸《む》れるらしいから……足も清潔に保ち靴《くつ》の消臭にも気を遣うこと！」

「あ、はい……それにしてもお前、彼氏できたことないっつーのになんでそこまで分かるんだよ？」

「パパが毎日やってるから。パパの場合、夏は毎日帰ってきたら足だけお風呂《ふろ》で洗ってるし」

　あの年でも、ちゃんと気を遣ってるのかあのオッサン……。

　確かに、ちょっと怖《こわ》そうだけど、オヤジにしてはかなり若いしかっこよかったな。うちの親父《おやじ》と同年代とは思えないほどに……。

　元々美形な一家なんだろうが、それに加えて努力してるってことか。

「そういえば、香水《こうすい》とかも付けた方がいいのか？　なんか、ドンキとかで売ってるの見たことあるけど……」

　たまにドン・キホーテに買い物に行ったとき、香水が売られているのを目にしたことがあるのを唐突《とうとつ》に思い出した。

「香水は……いいものを選べるならいいけど、まだやめた方がいいかも。あんたの場合、変な匂いの買ったり付けすぎたりとか絶対失敗しそうだし……。香水つけて臭いって言われるくらいなら、無臭の方が全然いいから！　買うとしても、ドンキで買おうとしてる時点で絶対失敗しそう。もっとちゃんとした店で買いなさいよね」

「な、なるほど……」

納得《なっとく》しながらスマホにメモる。

「とりあえず……こんなもんかな」

メモをざっと見返す。長かった……。こんなにたくさんのことに気をつけなければならないなんて、モテるってなんて大変なのだろうか。

常日頃《つねひごろ》の生活から気をつけなければならないこともたくさんあるし、これから出会いの場に行くとき、毎回事前にこんなに準備しなければならないなんて……。

しかし、これだけ大変だからこそ、本当にモテる男って限られているのかもしれない。元の素材に関係なく、最低限これだけの努力をしなければならないのか……。

「とりあえずまずは、美容院に行くのと、あとはドラッグストアで化粧《けしょう》水、鼻毛と眉毛用の毛抜きとハサミ、ヘアセット用の硬いワックスと柔らかいワックス、制汗剤、ブレスケアを買いに行くか……。かなりの額になるな……次のイベントでのガチャどのくらい我慢《がまん》すればいいんだ……？」

　メモを見返しながら、気が遠くなる。

「課金しなくたってガチャ引けるでしょ！　あんた、彼女が欲《ほ》しいんでしょ⁉　これは、そのための最初の一歩なんだからね⁉　最初の努力もできなくてどうすんの！」

「うっ……」

　二科の言葉に納得して、近々必要な物を買いに行くことを決意した。

「で……あんたさっき、私の服がオタク男子ウケしないとかって言ってたけど……」

　洗面所からリビングに戻《もど》ったところで、二科に言われて、改めて二科の服装を見る。

「ああ、全くしないな」

「な、なんで⁉　どこが⁉」

　今まで散々言われっぱなしだったが、やっと言い返せるチャンスがやってきた。

「お前の持ってる服は全部、ギャルっぽい、ビッチっぽい、怖いって印象の服ばっかかなんだよ！」

「えっど、どの辺が⁉　全部可愛いじゃん！」

　二科が今日買ってきた服がソファーに広げられているのを改めて見る。

「まず色が、黒とか、グレーとか、濃《こ》い赤とかばっかりだし……。男は多分、もっと薄《うす》くて明るい色の服が好きなんだよ。白とか、薄いピンクとか、パステルカラーとか……」

男は、というか俺の意見だが、他の男も大体同じ意見だと思う。

俺はその場でスマホに『童貞《どうてい》を殺す服』と打ち込んで、画像検索《けんさく》した。

「で、大体のオタク男が好きな服装は……これだ！」

フリルがあしらわれた白いブラウスと、コルセット付きのハイウエストスカートのセットの画像が表示されたので、それを二科に見せる。

「へ、へー……」

「あとは……まあ、こんな感じ？」

『童貞を殺す服　ブランド一覧』というページを開き、二科に見せる。

清楚《せいそ》でフェミニンな、ふんだんにフリルやレースが使われた可愛らしい服装が、たくさん表示されている。

オタク男子に好かれる服装といったら、これで間違いない。俺も例に漏《も》れず、こういった服装が死ぬほど好きだ。

「マ、マジか。フリフリしすぎててダサくない？」

「そこがいいんだろ！　こういう服着てて、黒髪《くろかみ》ストレートで可愛い子がいたら、もうほとんどのオタク男は間違いなく一目惚《ひとめぼ》れするね！」

「それはさすがに盛りすぎでしょ。にしても、マジでこんな服装がオタク受けいいんだ……」

二科は俺のスマホ画面をじっくり眺《なが》めていた。

「黒髪ストレートって、そんなにオタクウケいいの？」

「間違いない」

「さすがにそれはちょっとなー……いきなりそんな髪形にしたらクラスの友達に色々言われそうだし、私黒髪好きじゃないし」

「髪形を変えるのが無理なら、せめて服装はオタク男子好みに寄せていかないと」

「超絶ダサいあんたに服装のことを指南されるとかすごい腹立つけど、でも……」

二科は俺の携帯《けいたい》を奪《うば》い取り、画面の『童貞を殺す服　ブランド一覧』をじっくり見ている。

「今日たくさん服買っちゃったから、暫《しばら》く買えないけど……次に仕送り入ったら買ってみよっかな。少なくとも、出会いの場に行く前までには」

「ああ、それがいいな。あとそれから、メイクが濃くて、そこもビッチ感半端《はんぱ》ないな……」

「え⁉」

俺の言葉に、二科が驚《おどろ》く。

「嘘《うそ》でしょ⁉　私なんてメイクめっちゃ薄い方だと思うんだけど！」

「誰《だれ》と比べてだよ⁉　めちゃくちゃ濃いよ！　睫《まつげ》毛も自分の睫毛じゃないだろ、それ……。前にも言ったけど、オタク男子はすっぴんに見えるくらいナチュラルメイクが好きなんだよ！」

二科の睫毛は常に不自然に量が多い。

「それって、すっぴんでも可愛い子が好きってだけなんじゃないの⁉」

二科が不服そうに言う。

いやお前、お前自身がメイク後よりすっぴんの方がめちゃくちゃ可愛いけど⁉　自分でそれを分かってないのか、こいつ……？

でも、それを本人に言うのはかなり恥《は》ずかしいので、やめておく。

「と、とにかく、分かったわ。学校にそんなんで行くのは恥ずかしくて無理だけど、ちゃんとナチュラルメイクとかその……童貞を殺す服？　とか、勉強しとくから」

「ああ。んでお前……あれからアプリ続けてんのか？」

「ああ、退会した」

「え⁉　なんでまた……」

「……あ、あんたが言ったんじゃん。危ないことはすんな、って……」

二科はばつが悪そうに俺から目を逸《そ》らして答えた。こいつ、俺があぁ言ったから……？

「私自身も、メールでのやり取りまではいいけど、実際会うのは怖かったから……」

「そ、そうか……まあ、その方がいいんじゃね？」

女子高生にとっては、あのアプリをきっかけに知らない人と会うなんて、やっぱり危ない行為《こうい》だろう。しかしこいつ、俺の言うこと素直《すなお》に聞くこともあるんだな……。

＊　＊　＊

「ただいま」

翌日。学校帰りに地元のドラッグストアで身だしなみを整えるために必要な物を全《すべ》て購《こう》入《にゅう》した後、帰宅する。

家に帰ると、リビングで二科がパソコンにかぶりついていた。

二科のＰＣ、自室からリビングに移動させたのか。なんでまた？

「…………」

二科はおかえりも言わずに、自分のＰＣに向かっていた。

ムッとしてよく見ると、二科はヘッドフォンを装着していた。

普段《ふだん》はヘッドフォンなんて着けていないのだが、珍《めずら》しい。

「ん……？」

さらによく見ると、パソコンの画面には見覚えのないゲームの世界が広がっていた。

「おい、何やってんだ？」

二科の背後に回り込んで声をかける。

「ひゃっ⁉　帰ったなら帰ったって言ってよ！」

二科はやっと俺の存在に気付いてヘッドフォンを取って振《ふ》り返った。

「ただいまって言ったけど、お前が無視したんだろ。なんでリビングでPCやってんだよ」

「部屋だとWi‐Fi弱いから」

「え……もしかして、ネトゲやってんのか？」

近くに来てPC画面を見ると、どうやらオンラインゲームをやっているようだ。

確かにネトゲをやるには、ルーターがあるリビングでPCをやるのが正解かもしれない。

ネトゲか……。中学の時二回やったことがある程度で、そこまでのめり込まなかった。

二科がネトゲなんて、全くイメージにない。というか、ソシャゲ以外の本格的なゲームをやっているところ、初めて見た。

「お前、ネトゲとかやるの？」

「初めてやった。めっちゃ操作しづらいんだけど……あんた、こういうの得意？」

画面上の二科のキャラは、キャラメイクだけはゴテゴテと着飾《きかざ》っていて凝《こ》っているものの、ネトゲに明るくない俺でも分かるくらい、動きが明らかに初心者丸出しだった。

「なんでいきなりネトゲなんて始めてんだよ？」

「『フレンズ』やめたし、また新しい出会いの場を見つけなきゃ、って思って、会ったことないけどツイッターでよく絡《から》む、彼氏いるフォロワーさんに聞いてみたの。どこで彼氏と出会ったんですか？　って。そしたら……彼氏とネトゲで出会ったらしくて！」

「……！　それで、早速《さっそく》出会い目的でネトゲを始めた、と……」

純粋《じゅんすい》にネトゲを楽しんでる人間からしたら、とんだ邪《よこしま》な奴《やつ》だな。出会い厨《ちゅう》とか言われても文句言えねえぞ。

「色々詳《くわ》しく話聞いてたらさ、めっちゃすごくて。いつもネトゲ内で助けてくれて、一緒《いっしょ》に戦ってた人と、実際に会ったら恋《こい》に落ちた、って言ってて……やばくない？　超《ちょう》ロマンチックじゃない!?」

「ま、まあ、確かにそうだけど……」

その人はゲームを楽しんでいたら偶然《ぐうぜん》いい出会いがあったんだろうが、出会おうとして邪な目的でゲームを始めたところで、果たして上手《うま》くいくのだろうか。

「とりあえず、初心者歓迎《かんげい》のギルドに入れてもらえることにはなったんだけどさ……。あ、この後早速そのギルドで一戦行くみたい」

「ふーん……」

気になったので、そのまま後ろから様子を見学することにする。

集まったギルドの人数は二科を入れて七人ほどだ。

進んで行くとステージが変わって、敵であるそれなりに大きなドラゴンが目の前に現れた。戦闘《せんとう》が始まる。

「今んとこ、初心者は私だけなのよねー」

「ふーん……、……ぶほっ⁉」

二科のキャラは、なぜかドラゴンとは違《ちが》う方向に進んで行く。

「お前、何してんだ⁉」

「あー、また間違えた、まだキーボードの操作覚えらんなくてさ～」

行きたい方向にすら行けないレベルの初心者が、果たしてこういうクエストに参加して大丈夫《だいじょうぶ》なのだろうか？

「あ、やっと敵に……キャーッ⁉」

今度はやっと敵に近づいたかと思ったら、正面から何の防御《ぼうぎょ》も攻撃《こうげき》もなく堂々と近づいていき、諸《もろ》に攻撃《こうげき》を食《く》らった。

「そりゃあそうなるだろ⁉　お前ネトゲ向いてないよ！」

「まだ始めたばっかなんだから仕方ないでしょ⁉」

「始めたばっかでも、人には向き不向きってもんがあってだな……」

「じゃーあんたもこのギルドに入って私をフォローしてよ！　あんたもネトゲ始めたら、いい出会いとかあるかもしんないじゃん！」

「……！　と、とりあえず……そんなに言うならやるだけやってみるか……」

俺は言いながら、俺は自室からノートPCを持ってきて、二科がゲームしているカウンターテーブルの隣《となり》で、PCの電源を入れた。

確かに二科の言うとおりかもしれない。

二科の下手くそっぷりじゃ出会いどころじゃないだろうが、それよりマシな俺だったら、少しはそういうチャンスがあるかもしれない。確かに、ネトゲで恋人ができたって話は俺も聞いたことがある（知り合いにではなくネットの掲示板《けいじばん》まとめで、だが）。

とりあえず二科がやっているネトゲ『レジェンドレッドドラゴン（通称《つうしょう》レジェドラ）』をDLして、インストールする。

その間にも、二科は奇怪《きかい》な動きを繰《く》り返すばかりで戦闘では一切《いっさい》何の役にも立たず、死にまくっていた。

「ふう、やっとインストできた。まずはキャラメイクか……」

性別は女性を選び、キャラの造形の選択《せんたく》に移る。

「えっ……まってまってまってなんで今当たり前のように女キャラを選んだ？」

「え？　ああ、俺はいつもこういうゲームするときは女の子のアバター選ぶんだよ」

「なんでネカマ仕様がデフォなわけ⁉　おかしいでしょ⁉」

「女キャラの方が、自分好みの美少女キャラにできて楽しいだろ」

「あんたさあ、一応このネトゲでいい出会い欲《ほ》しいって思ってんのよね⁉　なのに女キャラ選んでどうすんの⁉　女キャラ選んだら女の子との恋なんて始まるわけがないよね⁉」

「……！　た、確かに……」

「バカなの⁉」

確かに、女キャラ使ってたら普通《ふつう》は女だと思われてしまうだろう。

二科の的確な突《つ》っ込《こ》みに素直に納得《なっとく》して、俺は男キャラを選び直すことにした。

なるべく無課金の中でも格好いいパーツを選び、キャラメイクを終えた。

チュートリアルで操作方法を覚える。過去にネトゲはやったことがあるので、すぐ慣れた。

それから二科が入っているギルドに入れてもらうことができ、早速一戦行くことになる。

軽くギルドのメンバーと挨拶《あいさつ》を交《か》わすと、二科が加入しているギルドは、初心者歓迎のギルドなだけあって、みんないい人たちでとても助かった（もっとも、そうでなければ二科みたいな問題児を受け入れないだろう）。

ギルドは俺と他《ほか》にもう一人だけ男がいるだけで、あとの七人のメンバーは全員女子キャラのようだ。

みんな優《やさ》しかったが、特に『夢宮《ゆめみや》すみれ』という名前の、ツインテールにフリフリした服装というロリ系の可愛《かわい》らしいアバターを使っている女性と、『アイスクイーン』という名前の、長身に水色の長い髪《かみ》を持った年上お姉様系のアバターを使っている女性は、新参者の俺にとても友好的に接してくれた。

このゲームは基本的に、会話はチャットのみで、相手の声が聞こえることはない。

二人とも、チャットでの話し方や顔文字の使い方など、キャラのアバターのイメージに近く、とても女性らしく可愛らしかった。

『夢宮すみれ：かげやんさん、初心者とは思えないくらいお上手ですねっ！（*^_^*）』

『アイスクイーン：今日から一緒に頑張《がんば》っていきましょう』

「今まで女子キャラしか使ったことなかったけど、男キャラでやってみるのもいいもんだな……」

今日は特に、俺以外の一人の男性は来ていなかったため、軽くハーレム状態だった。男が一人というのは少し気まずくもあるが、正直、悪い気はしない。

ちなみに、かげやんというのは俺のハンドルネームだ。

「夢宮さんとアイスクイーンさんって、めちゃくちゃ優しいな……こんな女性がいるものなのか……」

「ちょっ……あんた初日にしてもう女の子が気になってるわけ⁉ そんなんじゃ出会い厨って言われても仕方ないわよ⁉」

「べっ、別にそういうつもりなわけじゃ……っていうか、お前にだけは言われたくねえよ⁉」

その日は夜六時までネトゲ『レジェドラ』をやって、夕飯の支度《したく》があるので俺だけ先に落ちた。二科はその後もやっていたようだ。

「ほら二科、夕飯できたからそろそろゲームやめろ」

夕食ができあがり、俺はお前のオカンかよ、と内心思いつつ、ネトゲ中の二科に声をかけた。

「やばい……」

ゲームを抜《ぬ》けて、食卓《しょくたく》へやってきた二科が呟《つぶや》いた。

「え、何が？　また死んだのか？」

「めっちゃかっこいい……」

「え……？」

気付けば、二科の目はハートマークになっていた。

「ほら、うちのギルドもう一人男の人いたでしょ⁉　『ブラックレイン』って人なんだけど、さっきその人がログインして、初めて会ったんだけど……めっちゃかっこよかったの！」

二科は興奮気味に言い切った。

二人で食卓につき、とりあえず食事を始めながら、会話を続ける。

「かっこいい、って……キャラ造形が、ってことか？」

「いや、それもあるんだけど、喋《しゃべ》り方とか戦い方とか、全部！　めっちゃ強くて、超助けてもらっちゃった！　ほんと格好良すぎて泣いたー！」

二科はテンション高く興奮状態で語る。

おい、待てよ……こいつ……。

「お、お前……その『ブラックレイン』って奴に、惚《ほ》れたのか？」

「えっ……⁉　いやいやいや、いくらなんでも、さすがにまだ顔も見たことない人に惚れるなんてさすがにあり得ないって！」

二科は俺の言葉を慌《あわ》てて否定したが、その必死な否定っぷりが逆に怪《あや》しい。

そう、二科の言うとおり、まだ顔を見たことがない相手に惚れるなんて、おかしな話なのだ。

その日は夕食を食べて片付けを終えた後、俺と二科はまた『レジェドラ』にログインした。

ぶっちゃけ、『レジェドラ』がめちゃくちゃ楽しくてハマってしまった……というわけではないのだが、ギルドのメンバーがみんな優しいので、どちらかといえば、そのメンバーでもっと戦いたい、と俺も二科も思ったのだと思う。

二科の言う『ブラックレイン』は、確かにキャラ造形がイケメンで、誰《だれ》にでも優しいが、特に女の子には異常に優しいというフェミニストだった。こんな奴実際にいたらモテるだろうなあ……というか、ネット上でも既《すで》にモテてるし。

翌日からも、俺たちは毎日のようにネトゲにログインするようになった。

『アイスクイーン：かげやんさんお疲《つか》れ様です！　今日はイン早いですね？』

『かげやん：今日は授業が四限目までだったので！』

『夢宮すみれ：高校生って授業多くて大変だよね！』

ギルドのメンバーとはどんどん仲良くなり、お互《たが》いのことを知っていった。

特に夢宮すみれさんとアイスクイーンさんはその後も積極的に俺に話しかけてくれ、色々と教えてくれたり助けてくれたりして、俺も二人に対してどんどん心を開いていった。

夢宮すみれさんは大学生で、アイスクイーンさんはフリーランスで働いているらしく、二人とも俺たちより長い時間ログインしていた。

俺は、教えてもらったり戦闘で助けてもらったりしたお礼に、少額課金して、アイテムや装備品を二人にプレゼントするようになった。その度《たび》に彼女たちは、大袈裟《おおげさ》なくらい喜んでくれ、そんな反応を見ると、もっと喜ばせてあげたくなった。

これが、好きな人に尽《つ》くす喜び……ってやつなのだろうか。

月に俺が小遣《こづか》いとして使える金額は決して多くないが、ソシャゲの課金や食費なんかを抑《おさ》えれば、もっと二人にプレゼントできるようになるかもしれない。

二科は二科で、最近気付けばゲーム内でブラックレインと二人で一緒《いっしょ》にいることが多く、格好いいだの何だの、常にキャーキャー騒《さわ》いでいた。

俺も、恐《おそ》らく二科も……いつの間にかゲームの中にいる時間が、とても幸せな時間だと感じるようになっていった。

「あのギルドのメンバーでオフ会とかやんないのかな……」

「！　いいじゃんそれ！　やって欲しい！」

その日、夕食が終わった後、俺が何気なく言った言葉に二科が大きく賛同する。

最近、そんなことを思うようになった。特に、現実で夢宮すみれさんとアイスクイーンさんに会ってみたいと強く思う。

きっと二人とも、アバターのイメージ通り可愛らしく綺麗《きれい》な女性なのではないか……と、どうしても期待してしまう。

「でも高校生な上に一番新参者の俺たちが、『オフ会やりましょう』なんて言える立場じゃないよな……」

「んー、確かに……でも、ブラックレインさんに会ってみたいな〜。何か方法ないかなー」

二科、完全にハマってるじゃねえか……。顔も見たことない人に惚れるとかありえないとか言ってたくせに……。

「あっそういえば、昨日さり気なく本名聞けたんだよね！　なんか調べたらインスタとかツイッターとか出ないかな⁉」

「お前、そういうのってネトスト……」

二科は俺の言葉など耳にも入っていない様子で、早速《さっそく》スマホでブラックレインの本名を検索《けんさく》かけ始めた。

「あっ……『facebook《フェイスブック》』出てきた！　プロフィール全体公開してる！」

「えっ、それって本当に本人なのか？」

「うーん、プロフ画像が顔写真じゃないから分かんない……今までの日記とか見るかあー……」

二科は黙々《もくもく》とスマホを下にスクロールしている。

「あっ、日記に『レジェドラ』のこと書いてる！　これ絶対本人だ！」

「マジか！」

二科は一気にテンションが上がった様子で、スマホを食い入るように見ている。

「あっ、写真あっ……」

「え……？」

二科が写真あった、と言いかけたような気がしたのだが、言い終わらないうちになぜかスマホを弄《いじ》る手が止まっている。

「なんだよ、どうした？」

「…………」

二科は暫《しばら》くその場で硬直《こうちょく》した後、いきなり食卓に伏《ふ》せてしまった。

「ちょっ⁉　いきなりどうし……」

「写真、あった……」

「え？　ああ、良かったじゃねえか」

「しかも、うちらがギルドに入る前、あのメンバーでオフ会やったってときの写真が出てきた……」

「マジ⁉　そしたら夢宮さんとアイスクイーンさんの写真も⁉　つうか、何でそんな反応なんだよ……」

二科は食卓に伏せたまま無言で俺にスマホを渡《わた》してきた。

「…………⁉」

俺は二科からスマホを受け取り、一目画面を見た途端《とたん》絶句した。

そこには、オッサンとオッサンとオッサンがいた。

眼鏡のオッサンと、太ったオッサンと、禿《は》げたオッサンだった。全員恐らく三十代から四十代くらいの、とんでもなく冴《さ》えないオッサンだ。

「日記の内容見れば分かると思うけど、左の人がブラックレインさんで、真ん中が夢宮すみれさんで、右の人がアイスクイーンさん……」

「ふぉあああぁぁぁぁぁあっっ⁉」

ショックのあまり自分でも聞いたことがない声が出た。

写真には、きちんとタグ付けがされており、オッサンたちの写真に『山田《やまだ》敏夫《としお》（夢宮すみれ）』と『徳田隆《とくだたかし》（アイスクイーン）』という、わざわざ本名とハンドルネームの両方が表示されていた。


その日以降、あまりのショックに、俺も二科も二度と『レジェンドレッドドラゴン』にログインすることはなかった。

7

二科《にしな》と一緒に住み始めて、いつの間にか二ヶ月が経過していた。

「やっぱり、ネットでの出会いなんて当てにするもんじゃないわ……生身の人間に会ってなんぼよ」

朝からものすごく低いテンションで、朝食を食べながら、二科が呟《つぶや》く。先日のネトゲ事件をまだ引きずっているのだろう。

やっとネトゲ廃人《はいじん》から抜《ぬ》け出すことのできた俺は、最近になって、二科に言われていた身だしなみを整える努力をし始めた。

ネトゲにハマっていたときは、リアルで会わないから関係ない、とか思って全くやる気が出なかったのだ。

今後はちゃんと、リアルでオタク女子と出会える、オタク女子からモテる努力をするんだ！

鏡に向かって、二科に習った通りにワックスで髪《かみ》を整える。

「で、できた！　どうだ⁉」

「んー、まあ最初の頃《ころ》よりはマシになってきたんじゃない？」

二科は先日のネトゲでの悲劇からまだ立ち直ってないのか、テンションが低く、俺の髪形に対しても大して関心がなさそうだ。もっとちゃんと見て欲しいのだが……。

「景虎《かげとら》、おはよー」

教室に到着《とうちゃく》すると、いつも通りあいが俺の席へやってきて、笑顔《えがお》で声をかけてきた。

毒さえ吐《は》かなければ、こいつって見た目だけは女子より可愛《かわい》いよなあ、なんて思う。

「なんか髪形違《ちが》う！」

俺の髪をじろじろ見て、あいが言う。

二科はあんなに無関心だったのに、あいはすぐに反応してくれるなんて……やっぱこいつ、見た目だけじゃなく中身も可愛いよな。ま、男だけど……。

「まあな！　ワックスでセットしたからな！」

「そんな偉《えら》そうに言われても……ほとんどの男子がやってると思うけどね」

「ま、マジか……」

「でも景虎、最近眉毛《まゆげ》も弄ってるでしょ」

あいが、片手を俺の額にあてて俺の前髪を持ち上げて言う。

「おう、よく気付いたな⁉」

二科は何も言ってくれなかったが、眉毛も最近弄っている。二科に教わったとおり、眉の周りの毛は毛抜《けぬ》きで抜き、眉毛は専用のハサミでカットしている。

「ど、どうよ？」

「前のボーボー状態よりはいいけど……なんか変だよね」

ここ数日間の努力をなんか変、で片付けられてしまった。

そういえば……ふと、あいの顔を見る。

二科が言っていた『清潔感』、あいは最初からあるよな。

眉毛も綺麗だし肌《はだ》も綺麗だし、髪もサラサラだし目はクリクリだしなんかいい匂《にお》いするし……あ、やばいなんか最後変な方向にいった。

「あい、お前は……彼女欲《ほ》しいとか思わないのか？」

不意に気になって、唐突《とうとつ》に尋《たず》ねてみた。

こいつだって、こんなに身なりを整えてるってことは、モテたいとか彼女が欲しいって思ってるってこと……なんだろうか。こんな姿でも、男なわけだし。

「え？　何突然《とつぜん》……。思わないねー。今はオタク趣味《しゅみ》が楽しいし」

そもそも、こいつって女子を好きになるんだろうか？　自分より可愛い女子じゃないと嫌《いや》、とか言い出しそうである。

「景虎は、定期的にうわごとのように彼女ほしー、って言ってるよね」

「うわごとじゃねえよ！　心からの叫《さけ》びだよ！　……そういえば、お前ってレイヤーの女友達とかいるんだよな？」

友達に頼《たよ》るとか、恥《は》ずかしくて嫌だったのだが、もうこうなったら藁《わら》にもすがる思いだ。

「えっ⁉　僕のレイヤー友達狙《ねら》ってんの⁉　絶対嫌だよ！　景虎なんか紹介《しょうかい》したら僕の株大暴落だから！」

「さすがに酷《ひど》くね⁉」

「っていうか、マジレスすると、コスプレで合わせするくらいだから、友達ってほど仲良くないんだよねー」

「そうか……」

あいに紹介してもらう線も潰《つぶ》れたか……。

「ああもう、オタクってどうやって彼女作ってんだよ⁉　マジで分かんねえ……」

「んー、そういえば……レイヤーさんで、オフ会でオタク友達とか彼氏とかできたって話聞いたことあるけど」

「オフ会……⁉　オフ会ってあの、何か一つのコンテンツのファンが集まって、それについて語り合うっていう……？」

「そういうオフ会もあるみたいだけど、その人が彼氏できたって言ってたのは、普通《ふつう》に『オタク同士で交流しよう』っていう目的の、ジャンルフリーのオフ会らしいよ」

「そんなもんがあんのかっ⁉　あっでも、そういうのって……またどうせ十八歳未満参加禁止なんじゃ……？」

「え、その人は普通に女子高生だったけどね」

「マジでっ⁉」

高校生も参加可能で、オタク同士ジャンルフリーで交流できる、だと……⁉

俺と二科が求めてたものは、まさにそれじゃねえかっ！

「あい、めっちゃ有力な情報ありがとうなっ！」

「ちょ、きょ、距離《きより》が近いって！」

俺が勢い余ってあいの肩《かた》を摑《つか》んで礼を言うと、あいに引かれた。

その日の授業中、俺は教師に隠《かく》れてスマホでオタクオフ会について調べまくった。

「二科ァ！　ついに辿《たど》り着いたぞ！　俺たちが追い求めていた出会いの場に……！」

帰宅後、リビングの電気がついていたので二科がいることを確信し、興奮気味に扉《とびら》を開けた。

「えっ、何⁉　テンション高っ、ウザッ……」

「ほら、これを見ろ！」

二科の暴言をスルーして、俺はスマホでオフ会の情報ページを開き、二科に渡した。

それは、古《いにしえ》の昔に流行《はや》り、今はツイッターやインスタなどに押されてすっかり廃《すた》れているSNSのページであった。

オタクのオフ会について調べたところ、頻繁《ひんぱん》に規模が大きいオフ会が行われているのは、ツイッターでもインスタでもなく、この現在は廃れているかと思われているSNSだったのである。

「『東京のオタクが交流する会』……？」

「開催《かいさい》日は来週の土曜！　規模は百人で、都内のイベントスペースで開催！　漫画《まんが》、アニメ、ゲームなどのオタクコンテンツが好きな人なら参加可能で、しかもなんと……一次会までなら、アルコールの提供がなくて十八歳未満も参加可能なんだよっ！」

「……っ！　あんたマジで有能だわ。このSNSもう何年もやってなかったけど、ログインする！　パスワード頑張《がんば》って思い出す！」

俺はその場でSNSのそのオフ会のコミュニティに入り、参加表明を押した。

二科は結局パスワードを思い出せず問い合わせてなんとかログインして、参加表明することができたようだ。

「そうと決まれば……服、買いに行かなきゃね」

「ああ……！」

「私は……やっぱり、『ユメノ☆サキ』ちゃんのコスプレで行こっかな。コスプレ参加可能ってあったし、せっかく買ったし、コスプレしたら他の女の子より目立てそうだし！」

「いいんじゃないか？」

「でも……それとは別に、オタク男子が好む服装も、買い物行ったとき教えてよ」

「え……」

「オフ会でいい人と出会えたら、その後デートしようとかってなるかもしれないじゃん⁉　そのときのために、買っておきたいなって！」

「ああ、そうだな！」

元々二科の素材はいいのだから、ファッションや髪形、メイクを変えればオタク男子に好かれる見た目になれること間違いなしだ。

「じゃ、早速《さっそく》今週の土曜、学校帰りに服買いに行くわよ！」

＊＊＊

その週の土曜日。

家を出ると約束していた一時間前に、俺は起きてリビングへ行く。

二科が既《すで》に起きていて、洗面所の前でヘアアイロンで髪を巻いていた。

「……！」

「おはよ、随分《ずいぶん》早いな……。……!?」

「ああ、おはよ」

俺の方を振《ふ》り向いた二科は……。

白いレースのブラウスに、ピンク色の膝丈《ひざたけ》スカートを穿《は》いていた。

いつもの二科の格好と百八十度違って、清楚《せいそ》で可愛らしい。

さらに……いつもの二科のメイクと違って、ナチュラルメイクだった。

いつもと違って睫毛《まつげ》もナチュラルだし、頬《ほお》も唇《くちびる》も薄《うす》いピンク色で、今日の二科は、悔《くや》しいけれど信じられないくらい可愛い。

しかしまた、なぜこんな格好を……⁉　今日はオタクの出会いの場に行くわけではないのに……。

「何、じろじろ見て……な、何か言いたいことあるならさっさと言えば？　じ、自分で清楚な格好しろとかナチュラルメイクにしろとか言ったくせに、いざやったら似合わないとか文句言い出すんじゃないでしょうね……⁉」

「はあ⁉　何言ってんだよ！　言うわけねえだろそんなこと！　めっちゃ似合ってるし今までの格好の何倍もいいっつーの！」

思わず、声を大にして言い切った。

こいつまさか、自分で似合ってないとか思ってんのか⁉　どんだけ自分で自分のこと分かってねーんだよ！

「えっ⁉　あ、そう……？」

俺の言葉に、二科は一瞬《いっしゅん》顔を赤らめたような気がした。

「でも、なんでまた……？」

「ちゃんとオタク男子ウケする格好、今から勉強しとかないと、って思って、自分が持ってる中で一番あんたが言ってたことに当てはまる服探し出したの。大分前に買って、もう今は趣味が変わったからずっと着てなかった服だけど……じゃあ、こういう感じでいけば悪くないってこと？」

「悪くない！　全くもって悪くない！」

「悪くない、って……もっといい褒《ほ》め方できないわけ？　でも、そっか……なるほどね。あ、今日もちゃんとオタク男子ウケする服選んでよね!?　あんたのセンスに頼るなんて怖《こわ》いけど、この際仕方ないし……っ！」

「ああ、分かってるって！」


俺と二科は電車を乗り継《つ》いで、原宿《はらじゆく》までやってきた。

原宿なんて、テレビで見たことある程度で、降りるのは初めてだ。

「今日なんだけどさ、なるべく安めに済ませたいんだけど、大丈夫《だいじようぶ》かな？」

生活費やオタク活動に充《あ》てる金に加えて、最近美容院に行ったり身だしなみグッズを購入《こうにゆう》したり、少し前に最悪なことにネトゲでオッサン×２に貢《みつ》いでしまったこともあり、あまり金に余裕《よゆう》がない。

「じゃ、とりあえず『ＷＥＧＯ』でいいかなー」

二科はそう言って、原宿駅の『表参道口《おもてさんどうぐち》』から改札を出て、右側に進み、大きな通りをひたすら歩いた。

暫《しばら》く歩いて、交差点に突《つ》き当たり、横断歩道を渡《わた》って左に曲がると、二科の言っていた『WEGO』という店に辿り着いた。二科の後に続いて店に入る。

店の中にはお洒落《しゃれ》な若い男女の客がたくさんいる。二科と一緒《いっしょ》じゃなければ、絶対にこんな店、気後《きおく》れして来られなかっただろう。

「おお、確かに安い！」

ディスプレイの服の値札を確認《かくにん》すると、そこには『¥2149』とあり、ひとまず安心した。

「なるほどな、みんなこういうところで服買ってんのかー」

二科が俺を無視して服を物色しているので、俺も店の中の服を一通り見て歩く。

「おっ、この服とかいいな！」

赤と黒の迷彩柄《めいさいがら》のTシャツを見つけ、思わず手に取った。派手で一際《ひときわ》目をひくし、なんだか格好いい。

「……」

俺が服を手に取ったのを、二科が目をカッと開いて啞然《あぜん》とした顔で見ていた。

「もしかしたら……お洒落上級者だったら、どうにかしてその服を上手《うま》く着こなせるのかもしれない。だけど……お洒落初心者のあんたがそんな服を着ようもんなら、中二病テンプレファッションだよ⁉」

「え、ちゅ、中二……」

「なんでこんなにたくさん服がある中で敢《あ》えてそれを選ぶ⁉　この間のパーティーで着てた服といい、アキバに着てきた服といい、あんたのセンス壊滅《かいめつ》的にやばい……」

二科は信じられないというような表情で俺の選んだ服を見て震《ふる》えていた。

そんなに強く否定されると、自分のセンスってそんなにやばいのか、とさすがにショックを受けざるをえない。

「えっと……あ、じゃあ、これとか⁉」

次に、今度は緑と黒のチェックの前ボタンのシャツを見つけて、それを手に取る。

「……その服も、お洒落な人が着ればお洒落なのかもしれないよ？　でもあんたが着たら、オタクがオタクファッションしてるだけだよ？　そのチェックのシャツにリュックに眼鏡とかだったら、最早《もはや》天然記念物レベルのテンプレオタクファッションだよ？」

「なっ……」

二科に言われて、そのチェックのシャツを今一度見ると、確かにそんな気がしてくる。

「くっ……で、でも、そんなこと言ったら、お洒落な奴《やつ》が着たら何でもお洒落だけど、俺が着たら何でもオタクファッションになっちゃうんじゃねえのか⁉」

「そんなことないわよ。例えばこの服……」

二科が持ってきたのは、白い半袖《はんそで》のシャツだった。

今まで俺が選んだ服と比べたら、ものすごくシンプルだ。

「こういうシンプルなシャツに、すっきりしたジーンズとか、そういうんでいいの！」

「そ、そうなのか……？　なんか、地味じゃないか……？」

「ゴテゴテして派手な方がマイナス！　雑誌か何かで読んだんだけど、人は自分と同じようなファッションの異性に惹《ひ》かれるんだって。つまり、ギャルと付き合いたいならギャル男、ゴスロリと付き合いたいなら自分もゴスロリ王子みたいな服装、普通《ふつう》の服装の女の子がいいなら、自分も普通の服装にするのが一番なの！　普通のオタクの女の子だったら、シンプルめだけどお洒落、って感じの服装が好きだと思う」

「な、なるほど……」

二科の言ってることはとても納得《なっとく》できるもので、俺は頭の中でメモをとった。

二科は他《ほか》にも服を物色している。

「他には、これとか、これとかー……」

二科が他に持ってきた服は、白と紺《こん》のボーダーのTシャツと、グレーに白い文字の入った半袖のパーカー。どれも、シンプルなものだ。

「分かった！　じゃあ、これ買ってくる！」

ぱっと見て、自分的にも気に入った、グレーのパーカーを早速買うことにした。

「ちょっと待った！　買う前にちゃんと試着して！」

「え、試着？　試着って、そんなに大事か？」

正直いちいち試着するのは面倒《めんどう》なので、さっさと買ってしまいたいのだが。

「当たり前でしょ！　買う前に試着するなんて基本中の基本だから！　服は、ジャストサイズで買うのがお洒落の基本なの！　ぶかぶかだったり、逆にぴちぴちだったら、どんなお洒落な服でも台無しだから！」

「な、なるほど……」

「それに、着てみたら似合わないってことも大いにあるから！」

「そ、そういうもんか……」

二科に細身の黒のジーンズを渡され（スキニージーンズというらしい）、トップスと合わせて試着することにした。

「うーん、そのシャツ、Mでも少し大きい気がするけど……Sサイズってないのよね」

俺が試着して出てくると、二科は俺の姿を見て悩《なや》ましげにそう言った。

「はは、俺、細いってことか〜、参ったな」

「別に細いって、いいことじゃないから」

「……え!?」

二科がきっぱりと断言するので、俺は驚《おどろ》きのあまり固まる。

「男子は、マッチョってほどじゃなくてもいいけど、ほどよく筋肉がついてるのが一番モテるの！　周りの子、大体そういう体型の男子が良いって言ってるし。ガリガリはもやしって感じで不健康的でむしろモテない！」

「マ、マジかよ……!?」

もしかして、文化部より運動部がモテるのはそういうこともあってなのか？　自慢《じまん》じゃないが、俺は生まれてこの方体育以外で運動などしたことないので、筋肉などほとんどない。

「パンツは、まあちょうど良さそうね」

「ああ、ウェストがちょっと緩《ゆる》いけど……」

「予算が余ったらベルトも買うわよ」

「わ、分かりました……」

「あ、後で靴《くつ》も買わないとね！　で、その小学生が履《は》いてるみたいなスニーカーは今日にでも捨てなさいよね！」

「わざわざ捨てる必要はねえだろ⁉」

とりあえず二科に言われるがままに、トップスとパンツを購入した。

俺の買い物が大体終わったところで、今度は二科の服を買いに行くことになる。

せっかく試着したので、そのまま着て帰ることにした。着慣れないお洒落な服を着てこんな街を歩くなんて、緊張《きんちょう》する。

竹下《たけした》通り、という通りに移動して進んで行くと、その店があったらしく、建物の地下へと降りていく。

「お、おお……」

『アマベルクラシック』というそのブランドは、まさに俺のイメージしている『童貞《どうてい》を殺す服』に相応《ふさわ》しい、フリフリした可愛《かわい》らしい、童貞の心にぐっとくるデザインの服がたくさんディスプレイに飾《かざ》られていた。

「うわー、生で見るとすごいなー……確かに可愛いは可愛いけど、自分では絶対選ばない……」

「そうだな……あ、これとかまさにいいな！」

俺の童貞センサーにビビッとくる服を見つけ、思わず手に取った。

レースのブラウスに、えんじ色のハイウェストなジャンパースカートのセットだ。

「これぇ～⁉　確かに可愛いけど……こんな服着て友達に会ったら絶対バカにされそー！」

「友達に見せるわけじゃないんだから、別にいいだろ」

「うーん……まあそうだけど……」

二科は不満げにしつつも俺から服を受け取り、試着室へと向かった。

こんな店に一人取り残されて、居心地《いごこち》の悪さを感じていると、やがて服を試着した二科が試着室から姿を現した。

「ほ、ほんとにこれでいいわけ⁉　全然似合ってないけど……」

「……！」

二科の姿を見て、思わず息を呑《の》む。

二科は恥《は》ずかしそうにブツブツ文句を言っているが……めちゃくちゃ似合っていて、今の二科だったら童貞百人くらい一瞬《いっしゅん》で殺せそうな、殺人的な可愛さだった。

普段《ふだん》の二科を知らなかったら、それこそ一目《ひとめ》惚《ぼ》れしてしまいそうなくらいの……。

「ちょ、ちょっと⁉　何黙《だま》ってんの⁉　何か言いなさいよ⁉　そ、そんなに似合わな

「……」

「似合わないわけねえだろおがあああ!?　めちゃくちゃかっ……あ、え、えっと、今まで着てる服よりずっとオタクウケいいから！」

「え、ほんとに……!?　これでウケ悪かったら恨《うら》むから！」

この姿の二科を見て、可愛くないと言う男がいたら、そいつがB専なのではないかと本気で思う。

二科は不安げだったが、俺の強い後押しにより、その服を購入《こうにゅう》した。

「せっかく試着したから、私もこのまま着て帰ろー」

「……！」

二科の言葉に、少し動揺《どうよう》する。今日ずっとその格好でいるつもりなのか……。相手が二科でも、無駄《むだ》に緊張しそうだ……。

それから竹下通りの靴専門店で、俺の靴を二科が選んだ。

今まで履いたこともないようなお洒落《しゃれ》なスニーカーを買わされた。

「あとは……鞄《かばん》だけど、もう予算ないんだよね？」

「残金はあと二百円ちょっとだな！」

「そしたら……分かった、オフ会は手ぶらで行きな」

「手ぶらっ⁉」

「下手な鞄だったら持たない方が百倍マシ、ってクラスの友達が言ってた。男子が私服で鞄持たないのって結構好評みたいよ」

「マジかよ……荷物どうすんだ？」

「ズボンのポケットに携帯《けいたい》と財布《さいふ》だけ入れんの」

「え⁉　手持ちそんだけ⁉」

「それだけあれば十分でしょ」

それがカッコイイリア充《じゅう》スタイルなのか。

荷物がそんなに少ないなんて大分勇気がいるが、確かに俺はお世辞にもカッコイイとは言えない中学の時から使っているリュックとショルダーバッグしか持ってないので、二科の言うとおりにしておいた方がいいだろう。

「ふうー、これで準備バッチリだな！」

全《すべ》て買い物を終え、疲《つか》れと共に充実《じゅうじつ》感を覚える。

「あ……ねえ、あんたこの後なんかある？」

「？　いや、特にねえけど……」

「せっかく新しい服買ったし、このまま帰るの勿体《もったい》ないかなーって。どっか寄って帰んない？」

「……！　あ、ああ……」

ちょ、待てよ……？　なんかそれって、デー……いやいやいや！

「インスタ映えするアイスとかスイーツ売ってるお店があってー、一回行きたかったんだよね！」

「あ、おい、ちょっと待てよ！」

テンション高く歩いて行く二科の後を、はぐれないよう必死についていく。

それから暫《しばら》く、今日買ったばかりの服で、二科のインスタ映えスポット巡《めぐ》りに付き合わされたのだった。

8

ついに迎《むか》えた、オフ会当日の土曜日。

俺は二科《にしな》に言われたとおり、家を出る二時間前に起きて準備を開始した。二科に言われた全ての『清潔感のある身だしなみの整え方』を履行《りこう》した。

そして、二科に選んでもらった服を着る。

既《すで》に二科も起きているようで、部屋から物音が聞こえてくる。


この一週間、俺は二科に「これを見ておけば大体のオタク女子と話が合う」と教えられた『ネクステ』のアニメを消化した。一応軽い会話くらいはできるだろうと思う。

二科も二科で、俺が教えたオタク男子にウケるファッションを研究したり、オタク男子に人気があるコンテンツについて引き続き学んだりしていた。


「一ケ谷《いちがや》、準備できた？」

部屋から二科が出てきた。

「……！」

二科は今日コスプレ参加だが、着替《きが》える前と後にもいい出会いがあるかもしれないと、オタク男子ウケのいいファッションに気合いを入れていた。

いつも巻いている髪《かみ》をストレートにし、原宿《はらじゅく》で購入した童貞を殺す服を身につけ、いつもの濃《こ》いメイクからナチュラルメイクに変えた二科は、全てのオタク男子を殺すことができるのではないかと思うほどだった。

「ふーん、ま、いい感じじゃない？　って、私が選んだ服着てるんだから当然だけど！」

二科は準備を終えた俺の姿を見て言う。一応褒《ほ》められたと思っていいのだろうか。

「じゃ、行くわよ！　我らが戦場へ！」

「おう！」

気合いを入れてから、俺たちは出発した。

オフ会会場である池袋《いけぶくろ》まで移動して、池袋のイベントスペースの前で、参加者の列に並んだ。

今日のオフ会は、イベントスペースで行われるらしい。既にものすごい人数の参加者が並んでいた。

受付を済ませて、二科はコスプレ衣装《いしよう》に着替えるために更衣室《こうい》へと向かった。

その間一人になってしまい、心細く思いつつ、まずは今日のオフ会参加者をざっと眺《なが》めた。

オタクオフ会だというのに、可愛い子もイケメンもチラホラいる。

今日の参加者にはコスプレ参加も割といるようだ。

既に着替え終えているレイヤーがいて、可愛い子もいた。

そこで、俺は致命《ちめい》的なことを思い出す。

清潔感や見た目を整えて、オタク女子ウケがいいアニメもチェックしたが……知らない女性に話しかけるというスキルは、まだ身に付いてないということに。

好みの女性を見つけたとして……そのとき、一体どうしたらいいんだ⁉

前にパーティーに参加したときよりは、二科のおかげで自分の見た目に自信はついているし、二科と話しているおかげで女子と話せるようにはなっているはずだが……。

でも、こうして参加者の女性を眺めたところで、話しかけられるイメージがまるでない。

その中でふと、気になる参加者を見つけた。

コスプレ参加は女性ばかりなのだが、一人だけ男性のコスプレイヤーがいたのだ。

顔立ちがあまりに整っているので女性の男装かとも思ったが、背が高いので男性だろう。

グレーのスーツに、金髪《きんぱつ》、色黒のとんでもないイケメン。あれは……俺らが子供の頃《ころ》から長きにわたって愛されている国民的アニメ、『迷探偵コンナン』の『小室透』というキャラクターのコスプレで間違《まちが》いない。

今年放映された映画も大ヒットで、今オタク女性人気ナンバーワンキャラクターといっても過言ではない、と二科に教わった。例に漏《も》れず、二科も大好きなようでアニメを録画して毎週欠かさず見ている。

そのコスプレイヤーの周りには、オフ会開始間もないというのに既に女性参加者が集まっていた。

なんだよありゃ、あの男一人で女の子独り占《じ》めじゃねえか、羨《うらや》ましい……！

俺も二科に女子人気が高いキャラを聞いてコスプレしてくるべきだったか……？

いやでも、キャラを分かってないのにコスプレするのは一番NGだ、って二科が言ってたし、そもそも顔面レベルが残念な俺がコスプレしたところで残念な結果になるだけだ。

やがて、更衣室から二科が出てきた。

これでやっとぼっちから解放される……！　と思い、二科のもとへ行こうとしたところ……男性二人組が二科に話しかけた。

「ユメノ☆サキですね⁉」

「あ、はい！」

早速《さっそく》、ユメノ☆サキのコスプレに食いつかれている。さすがとしか言い様がない。

ここで俺が二科に近づいたら、完全に邪魔者《じゃまもの》だよな……？　と思い、俺は二科のやや近くに行きつつ、適度な距離《きょり》を取って話しかけずに二科の様子を見ることにした。

その二人組以外にも、気付けば何人もの男が二科の周りに集まっていた。

二科ってビジュアルだけはめちゃくちゃいいからな……それで男子人気の高いコスプレしたら、こうなって当然だ。

「あ、すみません、ちょっと友達待たせてるんでー……」

しばらくの間集まってきた男性たちと会話していた二科が、会話を中断させた。

そして、俺の方へ近づいてくる。

「ちょっと、なんで助けてくんないのよ⁉」

「えっ……？」

二科のセリフに驚《おどろ》いて聞き返す。

「助ける、って……出会いのチャンスだったじゃねえか！　それを俺が邪魔するわけにはいかないと思って、空気を読んで近づかなかったんだろ」

「出会いのチャンス……？　あのね、前にも言ったと思うけど……好みじゃない人だったら、何人に話しかけられようと同じなのっ！　その人たちとずっと喋《しゃべ》り続けなきゃならないなんて、イベントの時間は限られてるんだから、無駄な時間なのよ！」

言ってることは分かるけど、ひでえ言いぐさである。

「つまり、あの中に好みの男性はいなかった、と……」

「いないに決まってんじゃん！　ちゃんと見たの？」

あんだけたくさん男に話しかけられて、その中に好みのタイプがいなかった、って……やっぱりこいつ、めちゃくちゃ面食いじゃねえか。

「俺からしたらそういうの分かんねえし……」

「あー、じゃあ、今度から好みの人がいたらあんたの方に向かってウィンクするから。そしたら空気読んで、仲を取り持つとか二人きりにするとかして！　そうじゃなければ好みの人がいないってことだから、すぐ助けて！」

「どんだけ都合良く俺を使うつもりだよ⁉」

「代わりに、あんたにも同じようにしてあげるって！　好みの女の子がいたら、教えてくれればあんたの代わりに話しかけてあげるし、仲も取り持ってあげる」

「ほ、ほんとかよ⁉」

救世主……！　二科様……！

「こういうときのための協力関係でしょ！」

「わ、分かった！　全力で協力し合おう！」

なんて頼《たよ》りになる戦友なんだろうか。これでもう、俺には怖《こわ》いものなしだ。

そういえばソフトドリンク飲み放題だったのにまだ取りに行ってないことを思い出し、俺と二科は飲み物を取りに行こうとした、そのとき。

「待って、無理、やばい」

「……え？」

突然《とつぜん》二科が、どこか一点を見て尋常《じんじょう》じゃない様子で呟《つぶや》いた。

「『ばんび』さんが……私の好きな男性レイヤーさんがいるっ！　しししかも、私の超《ちょう》絶《ぜつ》大好きな小室さんのコスプレしてるっ！」

二科の視線の先を追うと、そこには先ほど俺がイケメンだと思った男性コスプレイヤーがいた。

「え、好きな男性レイヤーって……前にツイッターで絡《から》もうとしてできなかった？」

「そうそれっ！　嘘《うそ》でしょ信じらんない！　生で見られるなんて……っ！」

二科は興奮気味に両手で口を押さえた。

なるほど、あれが二科の好きな男性レイヤーだったのか……。あれは確かに、面食いのオタク女子には堪《たま》らないだろう。俺ですらこの会場に来て真っ先に目についたのだ。

「やばい！　生も写真と同じくらいイケメンなんだけどっ！　加工の力もあるだろうと思ってたのに現物も写真と同じレベルとかしんどい！　やばい！」

二科は興奮してその場で騒《さわ》ぎ出す。

「どうしよう、近くまで行って盗撮《とうさつ》していいかな⁉」

「いや、そこは交流しろよ！　そういう場だろうが！」

「でも、あんなに女子が周りに集まってるし……。あんた同性だけど話しかけられる？」

「うーん……とりあえず近くに行ってみ……あれ？」

気付けば、男性レイヤーはこちらに向かって歩いてくる。

え？　マジで俺たちの方に来てる？

「こんにちは～」

「「……っ⁉」」

男性レイヤーは、あろうことか俺たちに話しかけてきた。

「こここ、こんにちはっ！」

二科はどもりながら必死に挨拶《あいさつ》を返す。

「あ、ユメノ☆サキですね？　俺今めっちゃ好きなんですよね～」

「ほほほ、ほんとですかっ⁉」

二科のコスプレに釣《つ》られて、話しかけに来たのだろうか。

イケメン男性レイヤーは、柔《やわ》らかい話し方で、見た目も中身もモテそうな男だ、と思った。

「嬉《うれ》しいです！　私もユメノ☆サキちゃん大好きで！　動画めっちゃ見てるので！」

こいつ……俺が教えてやってコスプレして、動画も見るようになっただけだっつーのに。

いや、でも……俺が教えたことが役に立ってるなら、教えた甲斐《かい》があるってもんだ。

「そうなんですか～！　コスプレ、よくするんですか？」

「え⁉　えっと……『アイステ』とかも好きで、コスしてます……っ！」

二科は一瞬《いっしゅん》だけ俺を見てから、しどろもどろに答える。

「俺も『アイステ』好きですよ！」

「本当ですかっ⁉　あ、あの……『ばんび』さんですよね⁉　私、実はツイッターフォローさせて頂いてましてっ……！」

「え、本当ですか⁉　まさかこんなところでフォロワーさんに会えるなんて……ありがとうございます。じゃあ俺のフォロワーにいらっしゃるんですね。俺もフォローさせてもらいます」

「へえぇっ!?」

二科は驚きと興奮のあまりか変な声が出ている。

「ツイッターのアカウント、なんてお名前ですか？」

「えっと……2♡《トゥーハート》です……！　あ、あ、ありがとうございます……！　ああ、あ、あの、今日の小室さんのコスプレめちゃくちゃ素敵《すてき》です！　私小室さん大好きでっ……！　あと、ツイッターで拝見した『ネクステ』の薫《かおる》コスもめちゃくちゃ大好きで……！　まさか今日生のばんびさんにお目にかかれるなんて感激すぎますっ！」

「ええ？　そんな……そんなに褒《ほ》めてもらえると照れますよ。ありがとうございます。そっちのお兄さんは……友達ですか？」

そこで初めて、イケメンが俺を見て声をかけてきた。

「そうですっ！　ただの学校の友達です！」

二科が腹立たしいくらいきっぱりと答える。

「イケメンですね～」

「……？」

突然何を言われたのか一瞬理解できず、思考が停止した。

「……ん？　え……？」

俺が、イケメン？　何を言ってるんだこの男は？　頭大丈夫《だいじょうぶ》か？

イケメンなんて言われたの、多分生まれて初めてだぞ。

「メイクとかしたらすごいコスプレ似合いそう。今度一緒《いっしょ》に合わせしません？」

「……っ!?」

そこでいきなり、イケメンが俺の顔をペタペタと触《さわ》ってくる。

その瞬間、キャアッ!?　と小さい悲鳴が上がった。

気付けば、二科を含《ふく》めた周りの女性たちが俺たちを見て、それぞれ口元に手を当てたりヒソヒソ話したりしていた。心なしかみんな口元が緩《ゆる》んでいる。

え……？　な、なんだこの状況《じょうきょう》は……？

「イケメン×フツメン、いい！」

どこからか女性の声でそんな声が聞こえて、おい、フツメンって聞こえてんぞ！　と突《つ》っ込みたくなったが、ブサメンではなくフツメンと言ってもらえただけまだマシなのだろうか……。

「え、えっと……そうですね、気が向いたら……」

こんなイケメンと俺がコスプレ合わせなんかしたところで、完全に引き立て役になって終わりじゃねえか。

「もし良かったら、ライン交換《こうかん》しません?」

「へえぇぇ⁉　い、いいいんですか⁉」

なんという急展開だ。まさか二科がこんなに早い段階で好みの男性……しかも憧《あこが》れの男性レイヤーとフラグが立つなんて。

まあ元々、二科のスペックであれば、今まで出会えるチャンスがなかっただけで、いつそうなってもおかしくなかったのかもしれない。

「そっちのお兄さんも」

「え……⁉　は、はあ……」

二科にだけライン聞いたらあからさまだから、俺にも聞いたのだろうか。

俺は特に一切《いっさい》ラインなんて交換したくなかったのだが、断るわけにもいかないので、それぞれQRコードを読み取ってラインIDを交換する。

「あ、俺……飲み物取ってきますね」

これ以上ここにいて二科の邪魔をするわけにもいかないと思い、一度その場を離《はな》れる。

まさかオフ会開始早々、二科があんなに順調に進展するなんて……。

正直俺は、焦《あせ》っていた。

このままじゃ、二科だけイケメンのラインをゲットして、俺は何もできずに終わってしまう。

しかし、二科と離れて一人になった今、たった一人で女性に話しかけるなんて……まるでできる気がしない。

少し離れた場所から、イケメンと二科に目を向ける。

あのイケメン、完全に二科をロックオンしていたように見える。たくさんの女性に話しかけられていたのに、それを振《ふ》り切って二科の方までやってきた。二科に積極的に話しかけ、早い段階でラインまで聞いてきた。

二科は二科で、元々憧れていた相手だ。

あの二人……付き合うのも時間の問題なんじゃないのか？

あの二人が付き合いだしたら……俺は今後、一人で頑張《がんば》らなければならない。

買い物も、出会いの場を探すのも、出会いの場に行くのも、今まで二科が協力してくれたからやってこれたのに、これからは一人で……。

考えたくないが……いつまでも二科に頼りっぱなしじゃだめだ、とも思う。これから一人で出会いの場に行かなければならないかもしれないんだ。一人話しかけるくらい、できなくてどうする。

自分で自分を奮い立たせる。

大変なのはきっと、最初だけだ。一度話しかけるようになれたら、できるようになるはず。

まずは、周りの参加者を見渡《みわた》す。

可愛《かわい》い子は、チラホラいる。それなりに好みの子だっている。

が……やっぱり、可愛ければ可愛い程《ほど》、声をかける勇気が湧《わ》かない。拒否《きょひ》されたらと思うと、立ちすくんでしまう。

そもそも、可愛い子は既《すで》に他の参加者と楽しげに話しているし……。

だけど、ここで諦《あきら》めてしまったら、前回のパーティーの二の舞《まい》だ。

それに、あのときの俺と今の俺とでは、違《ちが》うんだ。二科に指導されて、清潔感のある、好印象を持ってもらえる男になっているはずなんだ！　服だって、女子ウケする服を着られているはずだ！

それに、女子に人気のあるコンテンツも二科のおかげで学ぶことができたのだから、オタク女子と話だってできるはずだ。

そう思ったら、自信がついてきて、話しかけられるような気がしてきた。

よし。まずは、誰《だれ》でもいいから誰か一人、話しかけてみないと……！

（あ……）

俺の前方に、一人の女の子の姿が目に入った。

同い年くらいの子だが、少しぽっちゃりしていて、髪形《かみがた》も服装も垢抜《あかぬ》けない。

彼女は一人で暇《ひま》そうにスマホを弄《いじ》っていた。

――いける。咄嗟《とっさ》に思った。

彼女と仲良くなりたいとか話したいとか、一切思わない。だけど、だからこそなのか
……彼女であれば、話しかけられる。

あれだけ暇そうにしてたら拒否されないだろうし、されたところで大して傷つかないだろう。

まずは、自分から話しかけられるようになることが大切だ。そのために……失礼ながら、練習台になってもらおうじゃないか。

俺は少しずつ彼女の方へと足を進める。

「こっ、こんにちはー」

第一声は、思ったよりも緊張《きんちょう》した。

「……！　どうもー」

彼女は俺の方をチラッと見ると、無表情のまま言葉を返した。想像していたよりも反応が悪い。俺、こんな子にも拒否られるレベルなのか……？

「ひ、一人で来たんですか？」

しかしここで引き返すわけにもいかないので、めげずに質問してみる。

「え？　一人で来るわけないじゃないですか。友達が今、飲み物取りに行ってて」

「は、ははは……」

相変わらず表情一つ変えずに、愛想《あいそ》のない低い声で言う。

少し話しただけで、もうこれ以上この女と話したくないという気持ちが押し寄せてくる。

だって、可愛くもない上に、性格まで悪そうなのだ。

練習相手として少し話してみようとか思ったけど、それすらもキツイ。なんで俺、よりによってこの女に話しかけてしまったんだ？

どうにかタイミングを見て離れよう……そう思ったとき。

「えるるちゃん、お待たせ！」

一人の女性が俺たちのもとへやってきた。何気なく目を向けると……。

「……っ！」

　その姿に、思わず息を呑《の》む。

　猫耳《ねこみみ》パーカーに、赤のチェックのミニスカートに、ニーソックス……という、『童貞《どうてい》を殺す服』とはまた違うベクトルでオタク人気の高いアイテムを身に着けていた、小柄《こがら》で華《きゃ》奢《しゃ》な黒髪《くろかみ》ロングの美少女が、そこにいた。

　全体的に細くて小さくて、色白で、目がくりっとして大きくて、ほとんどメイクはしていないようなのに、人形みたいに可愛らしい。

　その女の子は、まさに俺の理想のタイプそのものだった。

「えっと、こちらの方は……」

「そこで話しかけてきたの」

　女が、ドヤ顔で言う。

「そうでしたかー、初めまして！」

　彼女は、笑顔《えがお》で俺に挨拶《あいさつ》した。

　めちゃくちゃ感じがいいし、声も可愛い。

「……っ！　こ、こんにちはっ！　宜《よろ》しくお願いします！」

「私、五条《ごじょう》ましろっていいます」

「え、えっと、俺は一ヶ谷と申します！」

あまりに好みのタイプの子だったために、もうハンドルネームなど名乗る余裕《よゆう》もなく、咄嗟に本名で自己紹介《しょうかい》した。

「そういえば自己紹介してなかったですねー。私は『猫村《ねこむら》える』です」

女が話に割って入ってきて、存在を思い出す。

お前の名前は聞いてねえっ！　つーかそれ、完全にハンドルネームだろ⁉

まさかこのタイミングでこんな美少女……しかも俺のストライクドンピシャな子と出会えるなんて、奇跡《きせき》としか思えない。とんでもない地雷《じらい》女に声をかけてしまったと思ったが……なんてついてるのだろうか。

どうにかして、彼女の連絡《れんらく》先を知りたい。まずは、話を盛り上げないと……！

何か、話題、話題……。

「え、えっと……どんな作品が好きなんですか？」

質問しながら、ここで女子人気の高い作品の名前を出されても、『ネクステ』であれば予習してきたから話を合わせられるはずだが、他の作品だったらどうしよう、と不安になる。

二科の言っていたことを今更《いまさら》理解する。これだけ理想的な女の子を前にしたら、彼女が好きなジャンルなんてどうでもいい。どんな作品が好きだろうと、むしろ合わせたいと思う。ＢＬが好きとか言われたら、ＢＬ勉強します！　って気分になる。

オタク趣味《しゅみ》が合うことって、別にそんなに重要じゃないんだな、と改めて思う。

「えっと、ソシャゲだと、『アイステ』とか、『ＦＧＯ』、『船これ』とか好きです。最近だと、『ガールズフロントオンライン』とか……」

「～～～⁉」

なんだと……⁉　意味分かんねえぞ！　全部男子人気高い作品ばっかりじゃねえか⁉

こんなに可愛くて、オタク趣味も合うって……マジで理想の女の子すぎるんだが⁉

「お、俺も、どれもめっちゃ好きです！　毎日やってます！」

「そうなんですか～っ⁉」

「私は、『ネクステ』と『ソード男子』が好きですね。ソシャゲからやってるんでアニメから入ったニワカはちょっと無理で」

またしても女……猫村えるるが話に割って入る。お前の好きな作品は聞いてねえ。

「同志の方に会えて嬉《うれ》しいです！　是非《ぜひ》仲良くして下さいねっ！」

五条さんは俺に満面の笑みを投げかけた。

なんだこの子……めちゃくちゃいい子じゃねえかっ⁉　しかも、好きなものまで俺と同じなんて……こんな俺の理想通りの子が、本当に存在していいのか……⁉

こうして間近で見ると、見れば見るほど美少女だった。

身長は恐《おそ》らく百五十センチ程度に見える小柄で、声も話し方までも可愛らしい。

本当に何もかもが、俺の理想通りだった。

まさかオフ会初参加にして、ここまで理想通りの子と出会えるなんて……。

「あの……ツイッターやってますか？　良かったら繋《つな》がりませんか？」

どうにかして連絡先を……と思っていたそのとき、なんと五条さんの方からそんな提案をしてくれた。

「……っ⁉　へぁ⁉　あ、ぜっ、是非お願いします！」

驚《おどろ》きと嬉しさで、変な声が出た。手が震《ふる》えそうになる。

これって、何かの間違いじゃないよな⁉　美人局《つつもたせ》とか怪《あや》しい勧誘《かんゆう》とかじゃねえよなあ⁉

あまりに上手《うま》くいきすぎて、心配になってくる。

その場で、ツイッターのアカウントを聞いて検索《けんさく》し、フォローする。

『五条ましろ　高校一年生。キャス主。ＴｉｋＴｏｋ↓●●　アイステ／船これ／ＦＧ

0／花沢香奈《はなざわかな》さん大好き♡』

五条さんのツイッターアカウントの紹介文はそんな感じで、アイコンは自撮《じど》りの可愛らしい写メだった。

「あ、高一なんですね⁉　俺は一つ上です！」

「あ、ほんとですか？」

「私のツイッターはこれです。どうぞ」

女……猫村えるるが、スマホ画面に映ったツイッターを見せつけてくる。お前のは聞いてねえ。さすがにそうも言えないので、仕方なくその場でアカウントを検索してフォローした。後でリムろうと瞬時《しゅんじ》に思う。

「今、一ヶ谷さんをフォロバさせてもらいました♪」

「ありがとうございます！」

「そろそろ終了《しゅうりょう》時間になりまーす！」

そこまで会話したところで、スタッフの案内が入った。

気付けば、もうイベント終了時間五分前になっていた。

「あっ……やべ！」

二科、どうなっただろう。スマホを見ると、五分前にラインが来ていたことに今気がついた。

『更衣室《こうい》で着替《きが》えてるね！』

「お友達ですか？」

「あ、はい……」

「それじゃあ、私たちはこれで……お話しできて楽しかったです。ありがとうございました♪」

「こっこちらこそ！　ありがとうございました！」

五条さんと猫村を見送って、俺はトイレへ向かった。

いや……こんなにうまくいくことって、あるのか？　未《いま》だに信じられない。初めて理想的な女の子と出会えて、会話できただけでなく、彼女の方からツイッターを聞いてくれるなんて……！

テンションが上がりすぎて、今も心臓がばくばくいっている。

今日……マジで、来て良かった。頑張《がんば》れば、奇跡って起きるもんなんだ。

闘志《とうし》を燃やしながら個室で大きい方のトイレを済ませ、水を流したところ。

「お前マジすごいな～。女よりどりみどりじゃん」

「はは、コスプレは引き強いからな。特に『小室透』は、大体の女子好きだから」

「……!?」

なんだか不穏《ふおん》な会話が聞こえてきて、俺は思わず聞き耳を立てた。

待てよ、この声って……。それに、会話の内容も……。

「結局ライン何人と交換《こうかん》したん？」

「二十人くらいかな。明らかにお断りなのはさり気なく逃《に》げたから」

「ははっ、さすが抜《ぬ》かりねえ～。なんか『ユメノ☆サキ』コスの可愛い子とも交換してたよな？」

「あー、あの子ね。既《すで》に俺のこと好きそうだったよ。俺のファンらしくて」

「……っ!?」

やっぱり、これ……さっきのイケメンレイヤーじゃねえか！

喋《しゃべ》り方とか全然違《ちが》うし、しかもこの会話内容……めちゃくちゃゲスくないか!?

そんでもって、『ユメノ☆サキ』コスの可愛い子って……一科のことだよな!?

「誰《だれ》行くの？」

「まだ一人には絞《しぼ》れないかな……。まずは色んな子とデートしてみないと」

「余裕のある男は違うわ～」

ははは、と笑いながら、彼らは用を足してトイレを出て行った。

「………」

俺は衝撃《しょうげき》のあまり、暫《しばら》くの間その場に立ち尽《つ》くす。


「ちょっと、トイレ遅《おそ》くない⁉ 何してたのよー！」

トイレから戻《もど》ると、既に着替えを終えた二科が俺に文句を言ってきた。口元はめっちゃニヤけている。

「あの後もずっとばんびさんと話せてさーっ！ もうほんと今日来て良かった！」

「……そ、そうか……」

二科の様子に、俺は思わず深いため息をついた。

どうしよう、さっき聞いた会話のこと……言うべきか？

二科のこの様子を見ていると、とてもじゃないが言いにくい。

それに、さっきはなんてゲス野郎《やろう》だ、と思ったが……冷静に考えたら、別にあいつの発言は、最低のヤリチン出会い厨《ちゅう》、というほどではないかもしれない。

モテて調子に乗っていることは間違いないし、女子に上から目線なことは確かだが……。

「……？　何よ、深いため息なんかついて……」

「いや、その……」

出口へ向かいながら、俺は周りにさっきのイケメンがいないことを確認する。

「あいつは、やめておいた方がいいと思う」

「……え？」

きっと、さっきの会話の全《すべ》てを二科に伝えたら、二科は傷つくだろう。

だから、さすがにそれは俺の口からは言えない。

でも、だからといってあんな奴《やつ》との仲を全面的に応援《おうえん》するわけにはいかない。できれば、やめさせたい。

「な、なんで？」

二科は意外にも落ち着いて俺に尋《たず》ねた。

「……様子を見てたんだけど、すごい人数の女子とライン交換してたし……」

「あんなイケメンだったらモテるだろうし仕方なくない？」

「あと、こういうイベントにああいうコスプレで来るってことは、女を釣《つ》る気満々、っていうか……」

実際、本人がそう言ってたし……。

「……！　それは私だって同じだし……モテようとするのは悪いことじゃないでしょ！　それに、本人は作品とキャラが好きだって言ってた！　あんた、ばんびさんがあまりにイケメンでモテモテだったから嫉妬《しっと》してるだけじゃないの⁉」

「なっ……⁉」

「それに、あんたがそう言うなら言わせてもらうけど……さっきあんた、可愛《かわい》い子と話してたよね⁉　あの子の方が……なんかやばい気がする」

「あ……⁉」

それってまさか、五条さんのことか？

「直接は話してないけど、話してるところ何度か見て……めっちゃ声作ってるし、かなりの人数の男と話してたし、そもそもあの服装といい、完全に『オタサーの姫《ひめ》』そのものじゃない？」

「なっ……⁉　お、おま……直接話してもないのによくそこまで言えるな⁉　あの子はめっちゃいい子で……」

「ふーん、やっぱあんた、あの子狙《ねら》ってたんだ？」

「なっ……⁉　あのなあ……じゃあもう、勝手にしろよ……！」

二科の言い方にムカッときて、俺はそう言い返し、俺たちはその後、パーティー会場から別々に帰った。

俺は二科のことを思って言ってやったのに、あんな言い方された上に、五条さんのことまで悪く言われるなんて……！

俺は今日、五条さんのような理想の女性と話すことができたのは、二科のおかげも大いにあると思っていた。二科が身だしなみや服装にアドバイスしてくれ、オタク女子に人気のある作品を教えてくれたから、自分に自信が持てて、女子に話しかけることができた。そして五条さんが俺に友好的に接してくれたのは、二科に言われたとおり見た目を磨《みが》いたから、ということも大きいのではないかと思う。

だから……二科に理想の女の子と出会うことができたことを報告した上で、感謝の気持ちを伝えようと思っていた。

それなのに、あんな風に言われるなんて……。

その日から、俺と二科の冷戦状態が始まった。

9

「今日友達と夕ご飯食べてくるから」

「あ、ああ……」

オフ会の翌朝、事務的な会話だけを済ませる。俺と二科《にしな》は、昨日からこんな状態だった。

「はぁ〜……」

学校が終わった後、あいとファミレスで夕食をとった。あいと別れてから、駅から家までの道を歩きながら、大きなため息をつく。

家に帰るのが気が重い。二科はもう帰っているだろうか。二人きりで暮らしているので、家の空気が重くなって仕方がない。

折角、昨日オフ会で理想的な女の子と出会えて、本来だったら幸せで一杯《いっぱい》のはずだったのに……。

帰り道で、スマホのバイブが一回鳴った。

ラインか？　二科からだったりして……なんて思いながらチェックすると、ツイッターのDMが来ていた。

送り主は……『五条《ごじょう》ましろ』。

五条さん⁉　マ、マジで⁉

あれから、連絡《れんらく》を取りたいと思いつつ、何もできないでいた。

興奮状態でDMを開ける。

『こんにちは～。昨日は色々お話しできて楽しかったです（絵文字）良かったら今度、どこか遊びに行きませんか？』

「えっ……えっ……⁉」

一人でいるのに、衝撃のあまり声を出してしまった。

信じられない思いで、何度も読み返す。

これは……デ、デートの誘《さそ》い……ってことか⁉

あんなに可愛い子が、俺に……⁉

興奮状態で手が震《ふる》えそうになりながらも、慌《あわ》ててその場で返信した。

『こんにちは！　DMありがとうございます！　俺も是非《ぜひ》遊びに行きたいです！』

送ってから、こんな返信で良かったのかと不安になる。

ああ、二科とこんな状態でさえなければ、相談できたんだが……。

それにしても、この現実が信じられない。彼女の方から連絡をくれて、しかも遊びに誘ってまでくれるなんて、夢にも思っていなかった。

幸運すぎて、俺このまま死ぬんじゃあるまいな？

興奮状態のまま、スマホを何度もチェックしながら、家路についた。


家に着くと、二科の姿はなかった。もう部屋に移動したようだ。

風呂《ふろ》から上がると、ツイッターにＤＭが来ていたことに気付く。

『ありがとうございます♡　じゃあ秋葉原《あきはばら》ブラブラお買い物とかどうですか？』

すぐに、是非行きましょう、俺は今週の土日大丈夫《だいじょうぶ》です！　という旨《むね》を返信する。

『じゃあ土曜日にしましょう♡　すっごく楽しみにしてます（絵文字）』

五条さんからのメールを読んで、信じられない思いで何度も読み返した。

これって、夢じゃないよな……？　楽しみ……？　俺とのデートが……？

サービストークなのか分からんが、天にも昇《のぼ》る思いだ。

理想的な女の子と出会えただけでなく、向こうから連絡をくれて、トントン拍子《びょうし》にデートまでこぎ着けることができたんだ。

俺は今、最高の状況《じょうきょう》にいるんじゃないか。何を暗い気分になることがある。

気持ちをなるべく明るく切り替《か》えて、俺は自室に入った。


翌日。

朝リビングに下りてくると、二科はもう起きていて、食パンを調理して食べていた。

「お、おはよう……」

「……おはよ」

なんとなく話しかけにくくて、結局その後は全く会話がないまま準備をする。

「一ケ谷《いちがや》……」

「……!?」

洗面台で歯を磨いているとき、二科に話しかけられた。

驚《おどろ》いて振《ふ》り向くと、二科は俺の顔を見て少し黙《だま》って何かを考えた後、

「……なんでもない」

と俺から視線を逸《そ》らし、自分の準備へと戻ってしまった。

一体何だったのだろうか……？

本来なら、今こそ二科に五条さんとのデートのことを話して、アドバイスをもらいたい。

どこでデートしたらいいのか、デート中どう振る舞《ま》えばいいのかも分からない。

いっそのこと俺から折れてしまえば楽なんだろうが……。


その後、学校でも家でもあまり会話がないまま数日が過ぎていき……。

ついに、その週の土曜日。

五条さんとデートの日を迎《むか》えた。

俺が朝十時に起きてリビングに下りてくると、既《すで》に二科は洗面台の前でヘアアイロンで髪《かみ》をセットしていた。

「ど……どこか出かけるのか？」

少し思い切って尋ねる。

「あ……う、うん……。……ば、ばんびさんと、出かけることになって……」

二科は言いにくそうに戸惑《とまど》いながらも、そう言った。

ばんび……って、この間のパーティーのイケメンコスプレイヤーだ。

「えっ……!?　で、出かけるって……二人で!?　どこに？」

「う、うん……新宿で、軽くお茶するだけだけど……」

「……ふ、二人ではさすがにちょっとやめた方が……」

「え……？」

この間のような喧嘩《けんか》にならないよう心がけて、なるべく控《ひか》えめな言い方で言う。

「あいつがどうのこうのってわけじゃなくて……前も言ったけど、よく知らない男と二人で遊ぶとかは、ちょっと危なくないか……？」

当然、相手があいつだから危ないと思っているが。

「よく知らない人、ってわけじゃないじゃん。一度会ったことあるし。コスプレ合わせしようって話になって、その話してくるだけだし……」

一度会ったことあっても本性《ほんしょう》知らないだろお前！　いや、俺が話してないからだけど……。俺が心配しすぎだろうか？　こいつだって子供じゃないし……いくらなんでも、昼間に人目のある場所で会うなら大丈夫、だろうか。

「っていうか、あんたも今日休みにしては早くない？　どっか行くの？」

「あ、ああ……今日、この間のオフ会で知り合った子と遊びに行くことになってて……」

「！　それって、例の……？」

「ああ、まあ……」

「……そう」

それだけ会話して、俺たちはまた準備に戻《もど》る。

あのオフ会後、金がないので新しい服を買えていないため、オフ会と全く同じ服を着て行かざるをえない。仕方ないので、それ以外の髪形《かみがた》や身だしなみを頑張《がんば》った。

偶然《ぐうぜん》にも出かけるタイミングがかぶってしまい、玄関《げんかん》で靴《くつ》を履《は》く。

「じゃ……」

「ああ、じゃあ……」

二科が靴を履いている間に、バラバラに歩いた方がいいと思い、俺が先に歩き始めた、そのとき。

「あ、一ヶ谷……」

二科に声をかけられて、少し驚いて振り向く。

「髪形……様になってるじゃん」

「……！」

二科は少し笑って言う。俺は二科の言葉に驚いた。

「デート……頑張って」

二科はそれだけ言うと、すぐに目を逸らした。

「あ、ああ……サンキュ」

意外だった。

俺に対して怒《おこ》ってたはずなのに、自分だってこれからデートで緊張《きんちょう》してるだろうに、なのに……俺にあんな風に声をかけてくれるなんて。


待ち合わせ時間の五分前に、待ち合わせ場所である秋葉原電気街《でんきがい》口に到着《とうちゃく》した。

「あ……お待たせしました！」

待ち合わせ時間ちょうどに五条さんが現れた。

明るいところで改めて見ると、やっぱりめちゃくちゃに可愛い。

胸元《むなもと》までのさらさらのストレートな黒髪《くろかみ》。

白い肌《はだ》に大きな目。派手すぎないナチュラルメイク。

今日は、フリルブラウスに赤いリボン、黒のジャンパーミニスカートに、猫《ねこ》の柄《がら》のニーハイソックスを着ていて、茶色の鞄《かばん》を斜《なな》めがけにしていた。

控えめな胸の谷間に鞄のショルダー部分が通り、胸が強調されている。

どこまでオタク男子のツボをついてくるんだこの子は……⁉

さらに、彼女からは仄《ほの》かに石けんのようないい匂《にお》いが漂《ただよ》ってくる。

「今日は来てくれてありがとうございます♡」

「えっ⁉　い、いえ、こちらこそ……っ！」

笑顔《えがお》でいきなり礼を言われて、動揺《どうよう》した。

デートに誘ってくれたということは、少しは、俺のことをいいと思ってくれていると考えていいんだよな……？

嫌《いや》でも、そう期待してしまう。

とりあえず電気街口のオタクショップを巡《めぐ》ろうということになり、俺たちはまずアニメイトに向かった。

「今日は……一ヶ谷さんがどういう作品やキャラが好きなのか知りたくて、一緒《いっしょ》にアニメイトに行きたかったんです」

「……！　そ、そうだったんですか……！」

五条さんの言葉に驚き、一瞬《いっしゅん》でテンションが上がる。

秋葉原で買い物しようと言ったのは、俺の好みを知りたかったから、って……？　そんなに、俺に興味を持ってくれているというのか……？

階段を上がり、キャラのグッズが売っている階を見ることにした。

「あっ一ヶ谷さん！　『アイステ』の鷺澤文子《さぎさわふみこ》ちゃんのグッズ売ってますよ！」

フロアに着いた瞬間、五条さんが俺の二の腕《うで》を軽く摑《つか》んで声をかけた。

「!?」

突然《とつぜん》身体《からだ》に触《ふ》れられて、びっくりして何も言えなくなる。瞬時に顔が熱くなるのを感じた。しかも、至近距離《きょり》だとめっちゃいい匂いするし……。

「え、あ……ほ、ほんとだ！　……って、なんで五条さん、俺が文子推《お》しだって知ってるんですか!?」

「だって、ツイッターでよく呟《つぶや》いてるじゃないですか」

「……！　ツイッター、見てくれてたんですか……？」

五条さんが俺のツイッターを見てくれていたということに、内心感激した。

「あ、一ヶ谷さん、私より年上なんだから敬語じゃなくていいですよ？」

「そ、そう……？　じゃあ遠慮《えんりょ》なく……五条さんも、アイステ好きなんだよね？」

「はい！　橘《たちばな》ありさちゃん担当ですけど、文子ちゃんも好きですよ♪」

「ご、五条さんって……萌《も》え系とか美少女系にほんと詳《くわ》しいよね」

「可愛い女の子大好きなんです～！　あと、女性声優さんも好きですし」

美少女好きの美少女、ってやつなのか……。なんて素晴《すば》らしい！

「女子に人気がある作品とかは、好きじゃないの？」

「あ、そっちはあんまり詳しくないんですよね～」

おいおいおい……どこまで俺の理想通りの子なんだよ!?　いや、別に女子向け作品が好きな子が嫌だってわけじゃないけど……。

「友達はやっぱそういう作品を好きな女の子ばっかりだから、あんまり話が合う人がいなくて……だから、一ヶ谷さんとお話ししてみたいなって思って」

「！　そ、そうだったんだ……！」

それで今日、俺を誘《さそ》ってくれたのか……。

知れば知るほど、五条さんは俺の理想の女の子で、こんな子が実際存在するものなのかと最早《もはや》感動した。

それから俺たちはアニメイトのなかをブラつきながら、互《たが》いの好きな作品について語り合った。

その後も五条さんとは本当に好きな作品がかぶることが多かった。さらに……。

「えっ……ご、五条さん、エ、エ……エロゲも知ってるの……!?」

五条さんがグッズコーナーで有名なエロゲのタペストリーに反応したのを見て、俺は驚いて尋《たず》ねた。

「はい……その、お兄ちゃんが美少女ゲーム結構持ってるので……」

少し恥《は》ずかしそうに、五条さんが言う。

「そ、そそそ……そうなんだ……」

こんなに可愛《かわい》い、清純そうな女の子が、エロゲまで知っているなんて……。その事実に、興奮が抑《おさ》えきれない。

「基本的に、可愛い女の子がたくさん出てくる作品が大好きなんです」

どこまで俺の……いや、全オタク男の理想なんだよこの子は……!?

「えっと、この後どうしよっか……」

アニメイトを出た後、俺が五条さんに声をかけると……。

「……っ!?」

五条さんが、俺の服の裾《すそ》を軽く引っ張った。

「あっちに、私のバイト先があるんですが……良かったらそちら行きませんか？」

「エッあっはい！　行きます行きます！」

溢《あふ》れ出る萌えを必死に抑えながら、返事をした。

なんだこの子、いちいち可愛すぎんだろぉ!?

しかも、服の袖《そで》が長いから、指が少しだけ出ているという、所謂《いわゆる》『萌え袖』になっており……どこまでもオタク男子の理想をついてくる。

五条さんが俺を連れてきたのは、有名なメイド喫茶《きっさ》だった。五条さん、ツイッターでたまにバイトが～って話題に出していたけど、メイド店員だったのか。

五条さんのメイド服姿、めちゃくちゃ似合いそうだ……。見てみたい。

俺は軽食を、五条さんはデザートをそれぞれメイド店員に注文する。

「すみません、ちょっと私お手洗い行ってきますね」

「あ、うん！」

注文した後、五条さんが席を外す。

俺は今一度深呼吸して落ち着いた。

ING IS
AREN'T
HAPPY.

今のところ、ヘマはやらかしてない……よな？

それにしても、五条さん、思っていた以上に俺の理想の女性像である。

いちいち破壊力《はかい》がやばい。正直もう既《すで》に好きだ。付き合いたい。結婚《けっこん》したい。

だからこそ、今日何かやらかして嫌《きら》われるのが怖《こわ》い。

五条さんは今のところ、俺のことどう思っているのだろう？

そんなに悪い印象ではなさそう、だよな……？

ああ、もう、今日の帰りに次のデートに誘うか、いっそ告白したいくらいの勢いである。

……さすがにしないけど。

不意に、スマホを見ると、ラインが一通来ていた。

「……！」

二科からだった。

『デートどう？　うまくやれてんの？』

「……っ！」

こいつ、自分もデート中だっていうのに、この期《ご》に及《およ》んでまだ俺の心配して……!?

俺のことなんて気にする必要ないのに。それよりも、自分の身を守ることに徹《てつ》して欲しい。

あのばんびってレイヤー、さすがに初日のデートから二科に変なことしてこようとしたりしないよな……？

今まで、五条さんとのデートが楽しすぎて忘れかけていたが、思い出すと不安でいっぱいになる。

俺はふと思い立って、『ｂａｍｂｉ』スペース『コスプレイヤー』でググってみた。ばんびについて何か情報が出てくるかもしれない、と思った。

最初の方にツイッターやコスプレＳＮＳが表示され、更《さら》に下にスクロールしていくと……。

「……っ!?」

一ページ目の下の方に、『ナンパ師レイヤー一覧』というタイトルのページが引っかかっていた。

「お待たせしましたぁ～」

そこで、五条さんがトイレから戻《もど》ってきた。

ああ、めちゃくちゃ気になる情報が出てきそうだったのに……。

「あ、ごめん、俺もトイレ行ってくるね！」

「はーい、いってらっしゃい」

俺は慌《あわ》てて立ち上がり、トイレへ向かう。

尿意《にょうい》を催《もよお》したわけではない。検索《けんさく》結果の続きがどうしても気になってしまったのだ。

男子トイレで、『ナンパ師レイヤー一覧』のページをクリックする。それは、大型掲示《けいじ》板《ばん》のスレッドだった。

スレを上から順に見て、必死でばんびの名前を探す。

「……！」

あった。

『ばんびって奴《やつ》もやばい。オフ会とか行きまくって女子人気高いコスで女釣《つ》りまくってる典型的出会い厨《ちゅう》。ツイッターでもよく見ると女とやり取りばっかしてるよ』

やっぱり、そういう奴で有名なんだ……。

気になって更に続きを見る。

『ばんびは要注意です。コス合わせの話がしたいって誘われて行ったら、家に来いってめっちゃしつこい。私は年上だから断れたけど、押しが弱い子とか断れないんじゃないかと心配』

『>>632　私も同じ目に遭《あ》いました。で、断りました。行ったら完全にヤラれていたんだろうと思うと恐《おそ》ろしい……』

マジ、かよ……。

やばいじゃんこれ……確実に二科もそういうターゲットじゃねえか！

やっぱりもっと強く止めるべきだった。トイレでの会話を、あいつに伝えるべきだった。

とりあえず俺は焦《あせ》って、二科に『ばんびはやばい！　今からでも逃《に》げてこい！』とラインを送った。しかし、なかなか既読《きどく》がつかない。

力尽《ちからず》くでも止めるべきだと思い、トイレの中で二科に電話をしたが、繋《つな》がらない。


「あ、一ヶ谷さん、大丈夫《だいじょうぶ》ですか？」

トイレから戻ると、俺のトイレが長かったことを気にして、五条さんが俺に声をかけた。

どこまでいい子なんだろうと思いつつ、俺はもう気が気じゃない。

「あ、ごめんね、待たせちゃって……」

「体調とか、大丈夫ですか？」

「うん……。……」

五条さんは、俺にとって理想の女の子だった。

今日のデートも楽しかった。このまま夜までデートしたかった。

帰り際《ぎわ》に、次のデートを決めたかった。このまま順調にデートを重ねて……付き合いたかった。

だけど……。

出かけるとき、俺に声をかけてくれた二科の顔を思い出す。

こんな冷戦状態なのに、俺の応援《おうえん》をしてくれた二科。

そもそも今日俺が五条さんとのデートにこぎ着けることができたのは、誰《だれ》のおかげだ？

他《ほか》でもない、二科のおかげなんじゃないのか？

二科と一緒《いっしょ》じゃなかったら、そもそもあのオフ会に行けなかった。オフ会に行けても、自分磨《みが》きができていなかったから、自分に自信を持てず、誰にも話しかけられずに終わっていた。

ここでこの場を離《はな》れてしまったら……もう完全に五条さんとのフラグは折れてしまうだろう。

だけど……。それでも、俺は……。

「あ、あの……ごめん！　俺……これから、今すぐにどうしても行かなきゃいけない場所ができちゃって……！」

俺はその場で五条さんに頭を下げた。

「…………」

頭を下げているため表情は見えないが、五条さんは黙《だま》っている。

「……？」

不安になって、顔を上げた。

五条さんは、無表情で、呆然《ぼうぜん》とした様子で俺を見ていた。

しかし俺と目が合って、

「あっ……そ、そうなんですか⁉」

と、すぐに笑顔になった。

今一瞬《いっしゅん》怒《おこ》ったかな、って焦ったけど……そういうわけじゃないのか？

「あの……私、今日すっごく楽しくて、こんなに楽しかったのって久しぶりで……時間を忘れるくらいで……。だから、もう少しだけ一ヶ谷さんと一緒にいれたらなあ、って思ってたんですけど……」

「……！」

「でも……どうしても行かなきゃいけない大事な用だったら、仕方ないですよね……？」

五条さんは寂《さみ》しげな笑顔《えがお》で、俺をチラッと上目遣《うわめづか》いで見た。

こ、これは……もしかして俺を引き留めてるのか⁉

今日が楽しかった？　もう少し一緒にいたい⁉

こんな可愛《かわい》い女の子がそんなことを言ってくれることなんて、この先もう二度とないんじゃないだろうか。

俺は今日、今までの人生の中で一番運がいい日なんじゃないだろうか。

このまま残れば、五条さんともっと仲良くなれるかもしれない。今帰ってしまったら、全《すべ》て台無しにしてしまうのかもしれない。

だけど……。


それで俺は、本当に満足なのか？

二科を見捨てて、自分だけ幸せになって、それで……。そんなこと、望んでいない。

共に頑張《がんば》るって決めて、協力し合うって約束して、二人でここまで頑張って来たんだ！

「うん……ごめん！　どうしても今すぐ行かなきゃいけない大事な用なんだ」

俺は自分の会計分のお金を多めにテーブルの上に置いて、五条さんに告げた。

「そう……ですか。分かりました。それじゃあ、くれぐれも気をつけて行ってきて下さいね」

五条さんは笑顔で俺に優《やさ》しい言葉をかけてくれた。

「ごめん、ありがとう！」

俺はメイド喫茶の出口へと急いだ。


「……っ、……マジふざけてる……何なの？」

＊　＊　＊

五条さんはああ言って送り出してくれたけど、きっと建前で言ってくれただけで、印象は最悪だろう。完全にフラグは折れてしまったんじゃないだろうか。

秋葉原の駅へ向かいながら、二科に電話をかけたが繋がらない。

二科は今日、新宿でお茶をすると言っていた。

とりあえず新宿に向かう電車に乗り込んで、二科に『今新宿のどこだ？』とラインを送ろうとしたところ。

二科からラインがあった。

『二科心《こころ》：どうしよう……』

どうしよう、って何だよ⁉　もう既《すで》に、何か大変な目に遭ってるんじゃあるまいな……⁉

そこで新宿についたので、俺は電車から降りて二科に電話をした。

３コール鳴った後、二科が電話に出る。

「あ、もしもし……」

「二科⁉　お前、今どこだ⁉」

「え⁉　えっと、どこって……ミスドだけど……ばんびさんが今トイレ行ってて」

「ミスド？　どこのだ⁉」

「え？　あ、ごめん、ばんびさん戻ってきた。じゃあね」

そこで電話が切れてしまう。

新宿のミスドをスマホで調べると、ミスドは東口を出た靖国《やすくに》通りにあると分かった。

行って会えるかも分からないし、会えてもどうにかできるかなんて分からない。だけど、行ってみないことには何もできない。俺はグーグルマップを駆使《くし》してミスドまで走って向かった。

靖国通りのミスドに到着《とうちゃく》したが、店の中を探しても二人の姿は見当たらなかった。

「くそっ……遅《おそ》かったか……？」

相変わらず二科には電話しても繋がらない。電話に出ないところが益々《ますます》不安を煽《あお》る。ここで立ち止まっていても仕方がない。俺はなんのために五条さんとのデートを捨ててまでここに来たんだ⁉　そう自分を奮い立たせて、店を出て走った。

さっきまでミスドにいたなら、そう遠くへは行ってないはずだ。目を皿のようにして二科の姿を探しながら、靖国通りを走る。

「……！」

暫《しばら》く走って、ドン・キホーテ前の信号待ちをしている二科の姿が目に入った。隣《となり》のばんびと話している。

「二科っ！」

「えっ……い、一ヶ谷⁉」

二科は走ってきた俺の顔を見て驚《おどろ》く。

「え、な、なんであんたがここに⁉　あんただって今日、デートじゃ……⁉」

「あれ？　君はパーティーのときの……」

「はあ、はあ、はあ……ぐ、偶然《ぐうぜん》だなぁ⁉　ちょうど今、前を通りかかったもんで……」

咄嗟《とっさ》に、しらじらしい演技をしてしまった。なんでここまで来たのかと、聞かれても答えられないからだ。

「はあ？　あんた何言って……。そんなわけ……」

「ふ、二人は、これからどこに行くんですか～⁉」

「……僕の家で、今度のコス合わせの細かい打ち合わせをしようと思って」

家、だと……⁉　やっぱりこいつ、二科を家に連れて行こうと……⁉

俺は驚いて二科の顔を見る。二科は酷《ひど》く焦《あせ》った様子で、俺の顔を見ながら……。

「あ……え、えっと……ごっ、ごめんなさいばんびさん！　私、今日こいつと約束してたの忘れててっ！」

二科がばんびに謝りながら、俺の方へ近づいてきた。

やっぱり二科、困ってたのか！

「え……そ、そうなの？　でも……今度有名レイヤー同士の合わせに君も誘《さそ》おうとしてて、その打ち合わせとかしたいなって思ってたんだけど、それでもうちに来ない？」

NOTHING IS
WORTH IT IF
YOU AREN'T
HAPPY.

こいつ……徐々《じょじょ》に本性《ほんしょう》現して来やがったな⁉

俺が弱気でいたら、こいつも一歩も引きそうな気配がない。それなら……。

「お、俺は……この間のカラオケのパーティーで、トイレで偶然あんたの会話を聞いて……あんたのことが信用できなくて、二科が今日あんたと二人で会うって聞いて、心配でここまで来たんだ！」

緊張《きんちょう》で声が裏返りながらも、俺は一気に言い切った。

「え……⁉」

「……っ！　……ぬ、盗《ぬす》み聞きなんて、随分悪趣味《ずいぶんあくしゅみ》だね……。そこまで心配するなんて……一ヶ谷君、君は二科さんのことが好きなの？」

「そ、そういうんじゃない！　お、俺とこいつは……一緒の目標に向かって共に頑張ってる大事な仲間で……戦友みたいなもんなんだよ！」

「戦友？　一体何を言って……」

「ごめんなさい、ばんびさん！　今日は帰ります！」

二科がばんびに頭を下げたので、俺は二科の腕《うで》を引いてその場から立ち去った。

「ねえ、デートはどうなったの？」

新宿駅に向かって歩きながら、二科が俺に尋《たず》ねる。

「急用ができたって言って、切り上げてきた」

「えっ……それ、大丈夫《だいじょうぶ》なの!?」

「それより……お前、どういう状況《じょうきょう》だったんだよ？　『どうしよう』って何だ？」

「えっと……ごめん、あんたが言ってた『ばんびさんはやめておいた方がいい』って……ちゃんと聞き入れたら良かった……」

二科は暗い表情で申し訳なさそうに言う。

「コスプレの話した後、うちに来いって言われて……何度も断ったんだけど、変なことはしないとか、うちにあるコスプレ雑誌見ながら色々話し合いたいとか、超《ちょう》しつこくて……何度断っても聞く耳持ってくれないから、思わずあんたに、どうしよう、ってライン送っちゃって……」

「……！　マジ、かよ……」

やっぱり、掲示板《けいじばん》に書かれていたことは本当だったんだ。

「あんたはあんだけ、ばんびさんはやめた方がいいって言ってきたのに……ごめん」

「……」

ほんとだよ、と言いたかったが、俺は二科にばんびの本性について話してなかったのだ。話してない俺も悪かったと思い、何も言えなかった。

「それに……わざわざ来てくれて、ありがとう……。まさか私が送ったライン見て、ここまで来てくれるなんて思ってもみなくて……デートだったのに、台無しにしちゃって……ほんとにごめん！」

二科はその場で俺に頭を下げる。

「いや……俺は、お前からのラインだけでここまで来たわけじゃないから」

「え？」

「黙《だま》っててごめん。さっきちょっと言ったけど、実は俺、パーティーの日、ばんびがトイレで友達と話してるの聞いちゃって、あいつがロクなやつじゃないだろうってこと、分かってたんだ」

「さっきトイレで聞いたって言ってた話って、それ？」

「ああ。でも、お前が楽しそうにばんびのこと話してるの見てたら、どうしても言えなくて……。それに、具体的な何かを聞いたわけじゃないから。女にモテて調子にのってそうだとか、女を見下してそうってのが、会話から分かっただけで」

「そうだったんだ。だからあんた、あんなに必死にばんびさんはやめとけ、って……」

「それから、検索《けんさく》かけたら、あいつが女の子をしつこく家に誘ってくる奴《やつ》なんだって情報が書き込まれててさ。それもあってここまで来た」

「書き込み？」

「ああ、これ」

俺たちは新宿駅に着いて、電車の中の座席が空いていたので、隣同士《となりどうし》に座って二科にスマホを見せる。

「！　え……何、これっ……」

二科は食い入るようにばんびについての記述を読んだ。

「これ、今日の私と完全に同じ手口じゃん！　コスプレの話し合いをしようって誘って、その後しつこく家に誘う、って……」

「ああ、だよな」

「私、どんだけ男見る目ないんだろ……。あんたにも、あんなに忠告されたのに」

「……仕方ない、だろ。だって俺たちは、経験ゼロなんだから。失敗して当たり前なんだよ。見る目なんて、これから養っていけばいいだろ！」

「……！　そっか……うん、そうだよね」

二科は俺の言葉に、今日初めて笑顔《えがお》になった。

「にしても、本当にばんびの家まで行って被害《ひがい》に遭《あ》った人っていいんのかな。相当強引《ごういん》で下手くそなやり方に見えたけど……」

「ああ、確かにね……」

つい気になって、掲示板の続きを見る。

先ほどのスレの書き込みの続きが表示されていた。

『女レイヤーです。ば●びですが、あまりに家に来いとしつこいので、家まで行ったことありますよ』

「「おおっ⁉」」


『そのときまではある程度好意を持っていたので、そういうことになってもいいと思ってましたが……想定外でした。自分が持ってるコスプレのファッションショーに付き合わされました。どれが一番似合うと思う？　とか聞かれたり、感想求められたり、写真撮《と》ってって言われたり。私のことは放置で自分のコスプレ姿に夢中で、ナルシストすぎて気持ち悪いので、帰りました。その後連絡《れんらく》しつこく来ましたが全部スルーしてます』

「ぶっ……」

思わず、噴《ふ》き出してしまった。

「ちょっ……何、これっ……マジ⁉　嘘《うそ》でしょっ⁉」

二科は電車内なので声を抑《おさ》えながらも爆笑《ばくしょう》し始める。

「あいつ……あんだけモテるために頑張《がんば》っておいて、最終的にこれかよ⁉　めちゃくちゃ残念過ぎるだろ！」

俺ももう笑いが止められない。

「こんなナルシスト男いいって思ってたなんて……やっぱりお前、全っ然見る目ないな～⁉」

「うっうるさいなあ！」

俺たちは笑い合った。

またこうして二科と笑い合うことができるようになって、本当に良かった、と心から思う。

もうすぐ地元の駅に着くというところで、何気なくスマホを見た。

「えっ……」

画面を見て、驚く。五条さんから、DMが届いていた。

一体なんでまた⁉　内容は……。

『今日はありがとうございました♡　一ヶ谷さんといると、本当に時間を忘れちゃうくらい楽しくて……。もし良かったら、今度はもっと長い時間一緒《いっしょ》にいられたら嬉《うれ》しいです』

自分の目を疑った。

フラグが折れたどころか……あんだけ酷《ひど》いことしたのに、むしろ今までより好感度上がってね⁉

なんなんだ⁉　一体どういうことなんだよ⁉

全くよく分からないが、これは……まだワンチャンあるって思っていいのか？

とにかく、きちんと謝罪とフォローして、今日の挽回《ばんかい》をしなければ……！

「ただいまー。あー、ただいまが言えるっていいよねー。最近この家の空気ほんと重かったー」

家に到着《とうちゃく》して、リビングのソファーに座りながら、二科が言う。

ここ数日の喧嘩《けんか》中、二科も俺と同じような気持ちだったのか……。

「あんたとも、正直また仲直りできて、かなり安心したっていうか……。本当はばんびさんとのことも、喧嘩《けんか》してなければ色々相談したかったたし」

「……！　そ、それは俺だってそうだ！」

二科と冷戦状態だった数日で、俺にとってどれほど二科が頼《たの》もしい存在だったかがよく分かった。

「だから……改めて、これからも宜《よろ》しく」

「ああ！　こちらこそ、宜しくな！　これからも……お前がオタク男の理想の彼女になれるよう、理想のオタク彼氏ができるよう協力する。だから、俺にも協力してくれ！」

「望むところよ！　あんたのことも、容赦《ようしゃ》なく指導してくからね！　よっし、そうと決まったら、男子人気のあるキャラについてまた教えてよ！　また新しいコスプレ衣装買いたいな～って思ってたとこだし！」

「ああ！」

「……あ、あと、とりあえず今日の夕飯は、あんたの好きなもの作るから。何食べたい？」

二科が少し顔を赤くしながら言う。

「へっ？　な、なんだよ急に……」

「その……今日、あんたが来てくれて、ぶっちゃけ、めっちゃ嬉《うれ》しかったし助かったし、安心したから……それのお礼っていうか……」

「……！」

こいつって、一見わがままで横暴な女だけど……なんだかんだ言って優《やさ》しいし、律儀《りちぎ》で義理《ぎり》堅《がた》い奴だよなあ。

これから先も、俺には二科という心強い協力者がいる。

一人ではできないことも、こいつと一緒《いっしょ》だったら、できるような気がする。もっと頑張《がんば》れる気がする。

理想のオタク彼女ができるまで、俺は二科心と、全力で頑張ってやるんだ。

あとがき

皆様《みなさま》ご無沙汰《ぶさた》しております、村上凛《むらかみりん》です！

前作『おまえをオタクにしてやるから、俺《おれ》をリア充《じゅう》にしてくれ！』や『オレと彼女の萌《も》えよペン』を読んで下さっていた方々、お久しぶりでございます。もし待って下さっていた方がいらっしゃいましたら、大変お待たせしてすみません。

今作から読んで下さった方、初めまして！　初めて村上凛の作品をお手に取って下さり、大変感謝いたします。

この度《たび》は『同棲《どうせい》から始《はじ》まるオタク彼女《かのじょ》の作《つく》りかた』を読んで下さりまして、誠《まこと》にありがとうございます。少しでも楽しんで頂けたでしょうか？

前に本を出してから、かなりの期間が空いてしまいました。

その間は、お仕事をしつつも、アイドルグループにハマって全国を飛び回ったり、ソシャゲにハマって廃人《はいじん》になりかけたり、メイド喫茶《きっさ》に通い詰《つ》めたりと、相変わらずな日々を過ごしておりました。

今作は、自分自身や、周りの友人の体験をもとに、『オタクの恋活《こいかつ》』を描《えが》いてみました。

恋活関係は、中には実体験もありつつ、婚活《こんかつ》している友人に話を聞いたり、周りのオタクカップルの話などを参考にさせて頂きました。そのため、結構リアルに描けたのではないかと思っております。話を聞かせてもらった友人らには大変感謝です！

恋活、婚活したいと思っている読者様がいらっしゃったら、少しでも参考になれば嬉《うれ》しいなあ、と思いつつ……。

ネトゲで出会うというエピソードがあったと思うのですが、あれはまあまあ実体験です。過去にネトゲをしていた際、自分と友人でネトゲ上で同じ人に憧《あこが》れてしまい、恋のライバル的な感じで互《たが》いに色々頑張《がんば》っていたのですが、友人がネトスト紛《まが》いなことをしたところ、その方のSNSを発見でき、おじ様であることが判明いたしました。

おじ様を二人で取り合うという三角関係状態になっていたんですね、はい……。

今回は、恋活について友人に話を聞いたり、執筆《しっぴつ》しながら、自分ももっと頑張らないとなあ、という気持ちになれるいい機会でしたね……。

また、オタク界隈《かいわい》で流行《はや》っていることも、自分で調べつつ、流行に詳《くわ》しい友人に教えてもらったりもしました。教えてもらって自分がハマってしまったりもしましたが……（笑）。

最後に謝辞《しゃじ》を述べさせて頂きます。

素敵《すてき》な帯を書いて下さりました、丸戸《まると》史明《ふみあき》先生！　丸戸先生からこのようなお言葉頂けるなんて、光栄の極《きわ》みです。ありがとうございました。

『冴《さ》えない彼女《ヒロイン》の育《そだ》てかた』のイラストレーターさんである、深崎《みさき》暮人《くれひと》先生。加藤恵《かとうめぐみ》ちゃんのデザインに関しまして、快《こころよ》く使用許可下さりまして、ありがとうございました！

本作のイラストを担当して下さりました、館川《たてかわ》まこ先生。とっても可愛《かわい》らしい女の子をありがとうございます！　館川先生のおかげで、ガチオタ腐女子《ふじょし》でもこんなに可愛かったら何も問題ないじゃないか……と思えるキャラクターになりました。

本作を担当して下さりました編集者様。素晴らしい案を頂いたことから全《すべ》てが始まりました。ありがとうございます。今後ともご指導ご鞭撻《べんたつ》のほどお願いいたします。

そして、この本を購入《こうにゅう》して下さった全ての皆様！　皆様のおかげで本が出せました。一層面白《おもしろ》いものが執筆できるよう頑張りますので、宜《よろ》しかったら今後も注目して頂けると大変嬉しいです。どうぞ宜しくお願いいたします。

村上凜

お便りはこちらまで

〒一〇二―八〇七八
ファンタジア文庫編集部気付
村上凛（様）宛
館川まこ（様）宛

富士見ファンタジア文庫

同棲《どうせい》から始《はじ》まるオタク彼女《かのじょ》の作《つく》りかた

平成30年11月20日　初版発行

著者──村上《むらかみ》　凜《りん》

発行者──三坂泰二

発　行──株式会社KADOKAWA
〒102-8177
東京都千代田区富士見2-13-3
0570-002-301（ナビダイヤル）

印刷所──暁印刷

製本所──BBC

※定価はカバーに表示してあります。
KADOKAWA　カスタマーサポート
［電話］0570-002-301（土日祝日を除く 11時～13時、14時～17時）
［WEB］https://www.kadokawa.co.jp/（「お問い合わせ」へお進みください）
※製造不良品につきましては上記窓口にて承ります。
※記述・収録内容を超えるご質問にはお答えできない場合があります。
※サポートは日本国内に限らせていただきます。

ISBN978-4-04-072935-0　C0193

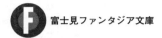

第32回
切り拓け!キミだけの王道
ファンタジア大賞
原稿募集中!
……アナタにしか書けない物語を待ってるわ!……
〈大賞〉
300万円
〈金賞〉50万円
〈銀賞〉30万円
選考委員
葵せきな「ゲーマーズ!」
×
石踏一榮「ハイスクールD×D」
×
橘公司「デート・ア・ライブ」
×
ファンタジア文庫編集長
〈後期〉
締め切り
2019年
2月末日
応募の詳細は大賞WEBサイトをチェック!
https://www.fantasiataisho.com/
イラスト:みや